人物紹介
呉淑香［ごしゅくか］
叡明の後宮の元宮妃。
現在は飛燕宮妃となっている。
郭秀敬［かくしゅうけい］
翔央の一番上の兄。飛燕宮《ひえんきゅう》。
欧閃［おうせん］
翔央の幼馴染。
栄秋府の役人。

郭翔央
「かくしょうおう」
無能ゆえに武官になったと噂される新皇帝の弟。白鷺宮《はくろきゅう》。
陶蓮珠
「とうれんじゅ」
『遠慮がない・色気がない・可愛げがない』で知られる女官吏。
郭英芳
「かくえいほう」
翔央の二番目の兄。皇位簒奪の罪で都を追放された。
余麗彩
「よれいさい」
英芳の正妃。余氏。

その他の登場人物

【郭叡明《かくえいめい》】……本物の新皇帝。翔央の双子の兄

【威皇后《いこうごう》（冬来《とうらい》）】……本物の皇后。冬来として皇帝警護を担当する後宮警護官の顔を持つ。

【郭明賢《かくめいけん》】……双子の年の離れた末弟。

【李洸《りこう》】……翔央の側近。将来は宰相確定といわれる政治のスペシャリスト。

【秋徳《しゅうとく》】……白鷺宮の太監。元は翔央の部下で武官だった。

【威公主《いこうしゅ》】……威妃の異母妹。

【ハル】……威国の皇子。威公主の兄で婚約者。黒太子《こくたいし》とも呼ばれる。

【陶翠玉《とうすいぎょく》】……蓮珠の妹。故郷を失った時、一緒に都に逃げてきた。

【張折《ちょうせつ》】……行部の代表者。蓮珠の上司。かつては双子の家庭教師だった。

【魏嗣《ぎし》】……行部の官吏。蓮珠の副官。

【黎令《れいりょう》】……行部の官吏。蓮珠の同僚。幅広い分野の知識に長け、語りだすと止まらない。

【何禅《かぜん》】……行部の官吏。黎令の副官。

序章

　夏草を踏み分ける音さえもうるさく思えた。右手の戟刀《げきとう》は十三歳の翔央《しょうおう》の手には大きく、比べると左手に握りしめた双子の兄の手は、自分と同じ大きさのはずなのに小さく思え、ひどく頼りなかった。

「叡明《えいめい》、絶対手を離すなよ」

　背後を振り向くことなく、小声で告げた。返事の言葉はない。でも握り返す手の力が増した。手を引いているつもりが、後ろから支えられているようだ。

　初陣《ういじん》での敗走は、相《そう》国太祖以来の出来事だと、叡明が言っていた。

　都である栄秋《えいしゅう》の北東、長く国境線を争う威《い》国との戦場に、十三歳にして初めて立った。もっとも、最前線からは離れた陣幕への皇族慰問であり、長兄と次兄も通った通過儀礼的なものでしかないはずだった。

　なのに、まさかの夜襲を受けて、都に逃げ帰るよりない状態になってしまった。前後にわずかな護衛のみ。陣にいたほとんどの兵が、自分たち皇子二人を逃がすためにその場に残り、戦っている。

　陣幕に戻りたい、一人でも多くの者とともに都へ帰るために。

　一歩進むたびに沸き上がる想いで心がきしむ。わずか数日ではあるが、共に過ごした人々を、自分たちのために犠牲にして逃げるのが嫌でたまらない。そう思っても、歩みを止めることも戻ることも許されない。それが相国皇帝の子に生まれたということだと、頭ではわかっている。

「おふたりとも、今しばらくのご辛抱を。ここを抜ければ、地元の者たちが使う小道に出ます。格段に歩きやすくなりますし、馬車を調達に行った者とも合流できるはずです」

先導する世話役の春礼《しゅんれい》の低い声に答える代わりに、歩を進める。

悔しくて、悲しくて、苦しい。翔央は何度目かの嗚咽《おえつ》を飲み込んだ。今こうして歩いていることの意味を考える。にじみ出る額の汗を拭《ぬぐ》うふりをして、目元に浮かび上がった涙を隠した。

睨《にら》みつけていた足元の夏草が急に消える。都のような石畳ではなくむき出しの土であるが、踏み固められた道に出た。

「春礼様、こちらです」

小道とはいえ遮る木々はなく、星明りに歩み寄ってくる者の顔が見えた。

「白染《はくせん》、無事だったか⁉」

翔央は思わず声が出た。薄闇に現れたのは、ごく幼い頃から双子につけられている、教育係の宦官《かんがん》だった。

「もちろんでございますとも。……近くの邑《むら》で馬車を借りてまいりました。さあ、急ぎ都に戻りましょう」

白染が示したのは、馬一頭だけの小ぶりで簡素な馬車だった。

「よく馬を手配してくださった、ありがたい」

春礼はそう言うや、翔央と叡明をまとめて馬車の荷台に放り込み、自身も荷台の後方に収まる。白染が御者席に座ると、春礼は小さく鋭い声で部下に声を掛けた。

「あとのことは頼むぞ」

馬が動き出し、翔央は慌てて御者席に問う。

「ほかの者は歩きなのか？　もう一人二人は乗れるだろう？」

前を向いたまま白染は答えず、手綱を握る手に力をこめた。

後方の闇を見つめて、春礼が応じる。

「馬の負担になります。ここから都までは十日はかかる。都に近くなれば馬を替えることも可能ですが、それまではこの馬でもたせねばならないのです。……なにより、彼らには役割があります」

「……追っ手か」

馬車の隅で黙って膝を抱えていた叡明が小さく言った。

「置いていくのか？　ここまで一緒に来たのに……」

責める口調になったことに気づき、翔央の言葉が途切れる。

「ここまでのみならず、ここから先もお二人をお守りするために彼らは残るのです。皇子様方をお守りできるのですから、武官の誉《ほまれ》にございます。どうか都まで冷静に」

走る馬車は速度を増し、薄闇の中、後方の彼らはすぐに見えなくなった。

「雲が出てきたようです。西王母《せいおうぼ》様もお二人をお守りくださっておりますよ」

御者席の白染が言った。濃くなった夜闇を進むほうが逃亡には向いている。それでも翔央には西王母が守ってくれているとは思えなかった。

「大丈夫だ、翔央。僕らを守るのは西王母じゃない。母上だ」

叡明が腰の佩玉《はいぎょく》を示した。中央の玉環《ぎょくかん》は乳白色の玉。その周縁部には細やかな透かし彫りが入っている。叡明の玉には喜鵲《きじゃく》宮の鵲《かささぎ》。翔央のそれには白鷺《はくろ》宮の鷺《さぎ》が入っている。それ以外の部分は同じ濃い青の紐に吉祥を願う飾り結び、そして赤い小さな玉が結ばれている。

「そうだな、母上の赤翡翠《あかひすい》のほうが頼れそうだ」

翡翠といえば緑を思い浮かべるものだが、それ以外にも赤、青、白、黒、紫といった色が存在する。赤翡翠は希少で、また赤は華国《かこく》の国色である。この赤翡翠も、元は双子の母が、華国から嫁ぐ際に母后から贈られた佩玉に結ばれていたものだ。翡翠自体が持つ魔除け石の意味と合わせ、母から直接双子に贈られ、それぞれの佩玉に結ばれた。

「どんなに弱くても、僕らは生きて都に戻らなきゃ。この国で生き抜くと、あの日、母上と約束したからね。もっとも、約束した本人は生きて都に帰ってこなかったけど……」

叡明の指先は玉帯に結んだ佩玉に触れていた。

「今回の件、誰かが謀《はか》ったとしか思えない。僕らがどこで何をしていて、兵の規模はどのくらいか。きっちりわかっている誰かが……」

片割れも西王母が護っていた結果がこれとは思っていないようだ。いつも以上に冷静なその声に、叡明の憤りが感じられた。

「誰に謀られたのだとしても俺たちが強ければ退けられた。俺たちが弱かっただけだ」

翔央は自身への憤りを口にした。だが、叡明は首を振ると翔央を諭すように言った。

「これは好機だよ、翔央。今回の件、僕らが生きて都に帰れば、仕掛けた者たちはもう一度動かざるを得ない。それはきっと……母上を死に追いやった者をあぶり出す」

目が合った。

「ああ、そのためになら生き抜くよ」

赤翡翠の玉を俺たちの手に乗せた母を思い出す。

『わたくしが、あなたたちと交わす言葉は、おそらくこれが最後になるでしょう。わたくしの身になにがあったとしても、どうか、この国を愛し、この国で生き抜くことをやめないでください』

叡明の手が翔央の手を包み込む。

「君は力を、僕は知恵を磨き上げて強くなろう。お互いがお互いを守れるように。……そして、もう誰も、僕らの犠牲になることがないように、ね」

頷き返すと、ざわめいた心が落ち着きを取り戻していた。

叡明はすごい、そう思ってしまう。いつでも冷静に、自分を導いてくれる。同じ日に生まれたのに、何年も長く生きているかのようだ。

翔央が落ち着いたところで、御者席の白染が肩越しに振り返る。

「この近くにも邑があったはずです。立ち寄って食料と水を確保しましょう」

これに翔央と春礼が同意したが、叡明は反対した。

「僕らがこの付近の邑に逃げ込むかもしれないことは、相手も予想済みだろう。待ち伏せされていてはかなわない、もう少し南の邑まで持ちこたえるんだ」

自分たちを逃がすために多くの犠牲が出た、これ以上は……。

「白染、もっと南に街はないのか？」

翔央の問いかけに答えたのは、春礼だった。

「それならば街道の宿場街、西金《ざいきん》まで参りましょう。あの街であれば人も多く、旅人を装うことができます。馬を替えることもできるはずです」

翔央が叡明を窺えば、双子の片割れも頷いてくれた。

「では、西金へ」

方針が決まって、暗い山路の先を見据えた翔央の目に、何かが動くのが見えた。

「あれは……、馬車を止めろ。人が倒れている！」

翔央は速度の緩んだ馬車から飛び降り、道端の草むらに駆け寄った。倒れているのは、自分と年の変わらぬ少女だった。その腕にはさらに幼い少女を抱えている。

「息は……ある。まだ生きている、馬車に乗せるんだ！」

停止した馬車を振り返った翔央の目に、歩み寄る叡明の姿が映る。その唇が小さく動いた。『遅かったか』とそう呟いた気がした。

第一章

擒賊擒王

〔きんぞくきんおう〕

大陸西部の大国、相。その都である栄秋《えいしゅう》。春節を祝う爆竹の音いまだ鳴り止まぬ街は、その灯りが夜を焦がしているように見えた。大陸中にその名を知られる貿易都市でもある栄秋は、新年を祝う人々が国内外から集い、夜中だと言うのにそこかしこから歌い騒ぐ声がしている。街の北、玉座を抱えた宮城もまた門番や警備兵に至るまで、陽気に言葉を交わし、新たな年の平穏を願っていた。

その喧噪から少し遠く、皇城側にある皇帝の居所、金烏宮《きんうきゅう》では、緊張感に満ちた声が飛び交っていた。

「李洸《りこう》、どこで何が起きている？」

皇帝姿の翔央の声に、双子の兄である皇帝叡明を装う演技はなく、低く良く通る声は怒気を隠していない。

それも当然だった。華国からやってきた公主をめぐる騒動も落ち着きひと息ついた大寒の末候最終日、威国に帰省しているはずの威公主がよろよろの体で飛び込んできて、中央高原の部族『山の民』の武装蜂起《ほうき》が発生したと告げた。しかも李洸によると、山の民に囚われた相国民の中に、市井の学者とその従者に扮した叡明とその妃である威皇后冬来《とうらい》が居るという。

「詳細は、まだ。我が手の者は東街道の封鎖を知り、取り急ぎ都に戻りました。それでも、陸路では数日かかる地からにございます。報せを受けてすぐに新たな手の者を数名向かわせましたが、到着次第で連絡を取り始めるにしても三日は必要です」

応じる李洸の声も平素とは違い、わずかに掠《かす》れていた。彼自身、部下に指示を散々飛ばしたあとなのかもしれない。

「我々にわかっていることは多くありません。山の民のいくつかの部族が武力蜂起を企てたこと、この影響により東街道を北に向かう道が途中で封鎖されていること。そして……この街道を使っていた威国の商人や相国民が囚われの身となっているということ、ぐらいです」

李洸が言ったところに、彼の部下の一人が駆け寄り、上司に耳打ちする。

「……どうした？」

翔央の問いに、李洸は少し考えてから報告する。

「范言《はんげん》殿が来ております。……朝堂でなく、璧華殿《へきかでん》の執務室にいらしたようです」

「范言が、いまこの時に執務室に訪ねてきたか。新年の挨拶をしにきたわけではないことは確かだな」

翔央は李洸に頷いて見せてから、蓮珠《れんじゅ》にも視線でついてくるように言うと、すぐに金烏宮を出た。

「……どちらについての情報だと思う？」

翔央は自身も考えながら疑問を口にした。

「武力蜂起の件だけでお願いしたいです。いくらほしい情報であっても、叡明様の件まで出されては、こちらが范家の言いなりにならざるを得なくなります」

李洸が厳しい声で返した。翔央が頷く。蓮珠も同意見だ。

叡明が春節を前に相の東北地域へ視察に出たのは、皇帝に近いわずかな人間だけが知る重要機密事項だ。いかに范言を家長とする范家が国内外に特殊な情報網を持っていようとも、これが知られていたら、こちらとしてはかなりの痛手となる。

范家には、皇帝に有益な情報をもたらす立場に留まってもらわなければ困る。それを越えれば、范家のもつ莫大な情報は、皇帝側に対して「何もかも知っているのだ」と圧力をかけてくる脅威となる。

「叡明の件で、こちらに探りを入れに来ている可能性もある。蓮珠、しっかり蓋頭《がいとう》を被っておけ。范言は視界に入るあらゆるものから情報を引き出す男だ」

翔央の言葉に、蓮珠は蓋頭をいつもより深めに被りなおすことで返事とした。執務室が近いため、わずかな声さえも発することがためらわれたからだ。

「立ってよい、直言も許す」

執務室に入ると、待っていた范言を前に、翔央は第一声でそう言った。翔央が最低限の言葉で済ませるのは、どの言葉からこちらの腹を探られるかわからないからだろう。それだけ、范言は警戒すべき人物なのだ。

「ありがたく存じます。……新年の挨拶に替えまして、急ぎお知らせいたしたいことがございます」

立ち上がった范言の言葉に、翔央が表情を厳しくした。

新年の挨拶を省いたことに范言はこちらの焦燥を読み取ったようだ。前置きもそこそこに本題に入った。

「東の街道の件は、すでにお耳に入っていらっしゃるかと思われますが、おそらく具体的な場所などはまだ都にまで届いてないでしょう。山の民のひとつの集落が中心となった勢力が、西金《ざいきん》の街をすでに占拠しているとのことです」

李洸が表情をきつくする。『ひとつの集落が中心となった勢力』も『西金の街をすでに占拠して』も、李洸の元に入ってきていない情報だった。

「西金とは。また厄介な場所を選んでくれたものだ」

翔央の呟きで、ハッとした李洸が控えていた部下に目配せする。すぐに西金に人を向かわせるのだろう。街道のどこで何が起きているかわからない場合は、街道を確認しながら北へ向かうよりないが、場所がわかっているなら航路を使って少しでも現地到着時間を短縮できる。

「李丞相《じょうしょう》、航路に白龍河《はくりゅうが》を使われるのはお勧めしない。多少時間がかかっても、虎児川《こじせん》をのぼり、北へ向かわれるほうがいい」

范言が言い、足を止めた李洸の部下が上司に視線で確認する。李洸もまた部下に視線で応じただけで、范言の言葉に反応は返さなかった。反応することで、情報量を計られることを避けるためだろう。

交わされた言葉は少ないが、心的負担は多大だ。蓮珠は胃のあたりを押さえたくなるのをぐっとこらえて、やり取りを聞いていた。

「主上の御慧眼《けいがん》により、相国内の航路に滞りはありません。都の物流に、すぐに影響が出ることはないと予測しております」

范言が都の物流に話題を移したことで、蓮珠は少しだけ安堵した。

こちら側が一番気にしている事項が物流への影響だと范言が思っているのならば、おそらく叡明の件は知られていない。

蓋頭の下、緊張に止まりかけていた息を吐こうとした蓮珠は、翔央と李洸が吹き上げた緊迫した空気に圧倒されて、再び息を飲みこんだ。

「西金の民に被害あれば、我が国の損失には変わりない」

翔央は叡明の口調でぼそぼそと言って、相全体の問題として応じた。

「小官の浅慮にございました。然《しか》り、これは相国が侵略を受けたと変わらぬこと。一日、いえ一刻も早く奪還せねばなりません」

これまでより少し口調を強くして范言が言う。

侵略に対応して奪還するというのは、軍事的行動を伴う。蓮珠は蓋頭の下で唇を噛んで、漏れ出そうになる蓮珠としての心情を押さえつけた。翔央もまた抵抗があるのだろう、反射的に口を開いたものの、言葉自体はとどめた。彼は口を閉じると、玉帯に結ばれた佩玉を握りこむ。自身を落ち着かせようとしているのかもしれない。

だが、不自然にならないように気持ちを切り替えて、皇帝としての言葉を口にする。

「范家に命ず。急ぎ西金周辺の情報も集め、奏上せよ」

その言葉には、あくまでこちらは范家を利用する側であると示す強さがあった。

「承りました」

范言が深く一礼し、頭を下げたまま小声で言った。

「主上、先に申し上げます。小官は本日の朝議にて発言する予定はございません」

それで話を終えた范言が改めてその場に跪礼《きれい》する。ここでの話はここだけに留めると言うことらしい。

「わかった。……さがれ」

翔央は最後まで言葉少なく范言に応じた。そして、彼が出ていったのを見届けるなり、傍らに立つ李洸に提案した。

「冷静に考えて、俺が行くのが早くないか？　囚われの叡明と入れ替われば……」

「ちっとも冷静なお考えではありません。ここは、張折《ちょうせつ》殿の説教と秋徳《しゅうとく》殿のお茶で、朝議までに落ち着いていただきましょう」

どうやら、丞相殿は『黙って座っていろ』と言いたいらしい。

諸官庁の建物が並ぶ宮城側から、皇城側に入って一番手前の建物が朝議の行なわれる奉《ほう》極殿《きょくでん》である。警備の武官が並ぶ石畳の広場を抜け、石階段を上がると開かれた四枚扉があり、太い柱は何本かあれど、部屋として区切られてはいない空間が広がっている。そこには、皇帝が通る中央に道を空けた形で左右に分かれて上級官吏が並んでいた。春節のこの時期、都を離れている者もいたようだ。常よりも並ぶ官吏の数は少ない。さらに、新年早々に朝議に呼び出された官吏たちの表情は一様に緊張していた。

中央の道を進んだ朝堂の最奥には、床から数段高くした場所に皇帝の机と椅子が置かれており、そこに座り、厳しい表情で集まった官吏を睥睨《へいげい》しているのが相国第七代皇帝郭《かく》叡明……の影である郭翔央だった。一段低い位置に皇帝の側近たる丞相の李洸が立っている。

「主上、いったいこれはなにごとでございますかな？」

官吏を代表して発言したのは、最前列にいた胡新《こしん》だった。官位が高いほど皇帝に近い前方の列に、上級官吏でも蓮珠のように下っ端の者は後方で跪礼する。

それが本来の形だが、今回蓮珠は威皇后として玉座の後方に置かれた椅子に座っていた。皇后が正式に朝議に出席することはごく稀なことで、そのことも官吏たちに緊張を与えていた。

「李丞相から説明させる」

翔央が叡明の口調で李洸を促した。

主上の言葉を受けて、李洸が一歩前に出て朝堂の最後尾まで聞こえる声で言った。

「山の民の一部が武力蜂起を企て、璧秋《へきしゅう》路《ろ》北の街、西金が占拠されました。この影響により、東街道が西金付近で閉鎖された状態です」

朝堂が一瞬の沈黙の後、一気に騒がしくなった。新年早々に呼び出された不満は吹き飛んだようだ。普段は皇帝の入場から退場まで顔を上げることなく跪礼したままで朝議を終えるはずの、後方の官吏まで顔を上げている。

「街道閉鎖による物流への影響は、事前に河川航路を開いておいたので軽微です。ですが、折悪《おりあ》しく西金付近を街道で都に向かっていた威の商人や我が国の行商人の一部が巻き込まれたようです」

続けた李洸の言葉に、商業で財を成して官吏を出すようになったいくつかの家の長が反応する。

「武力蜂起の鎮圧は、どうなっているのですか？」

当然出ると予想されていた質問に、李洸は声の調子を変えることなく即答する。

「現状第一報が届いた段階であり、これから対応を考えることになります。西金は璧秋路の北で、虎麓《ころく》路の南。路ごとに置かれた四方守備隊のどちらの本拠からも距離があり、どちらからも鎮圧に向かったという報告はまだ受けていません」

この件の対応は、なにもかもがこれからになる。だが、この初期の段階で起きていることを、官吏たちにどう伝え、どう指示を出すかで、結果は大きく変わっていくだろう。

「最優先で、相手の狙いを見定める必要がある。山の民の目的が相国への領土の拡大なのか、あの街を占拠することそのものなのか、現段階ではわかっていない。それによって、こちらが向かわせる兵の規模も装備も変わるからな」

それは、歴史学者でもある叡明の言葉に、武官である翔央の考えが少し混じったような発言だった。

　蓮珠が座っている皇后の席からは、官吏たちの様子がよく見える。動揺しているのは、主に商家出身の官吏だった。四方守備隊を仕切る武門四家から出た官吏は、むしろ好戦的な表情を浮かべていた。

　戦が長く続いていた威との和平成立は、武を重んじる人々からすれば、活躍の機会を失ったことでもある。ただでさえ、官僚主義で重文軽武の風潮が強い相国だ。武門は武門として存続する意味を問われる時代になってきていた。そこに今回の武力蜂起となれば、鎮圧のためにやはり武門が必要だという空気になるだろう。

　だが、戦禍で家族と故郷を失った蓮珠としては、とうてい受け入れがたい。

　まして、山の民との衝突が起きたとき、相国側が武力で対抗してやりすぎてしまえば、周辺国から中央地域進出の野心を疑われることになりかねない。それは、国家間の軍事的緊張に発展する危うさを含んでいる。生粋《きっすい》の文官である蓮珠としても、今回の件が別の火種へと飛び火しないように願うばかりだ。

「ふん。山の民など、所詮は、ならず者どもの集まりでしょうに。さっさと蹴散らしてしまえばよいのでは？」

　中列ぐらいにいた、朝堂内の官吏としては比較的若い官吏が、そんなことを言った。

「山の民は高大帝国《こうだいていこく》時代に政治的理由で帝都を追放された者たちだ。そのうち、中央地域周辺部に集落を形成し、そのままその土地に居ついた者たちを祖としている。政治的な理由ということは、元官僚や元貴族が大半だ。つまり、我が国の太祖と同じであり、その末裔となると、余と同じ立場ということになるな」

玉座からの言葉に、先ほどの官吏が青ざめた顔で叩頭《こうとう》する。このやりとりを白い眉の下から眺めていた三丞相の最高齢である杜奏《とそう》が、やんわりと話を切り上げる。

「主上、一国の長と集落の長を同じ立場というのは、少々乱暴すぎでございますよ」

玉座に対して言っているように聞こえて、その声は背後の官吏たちのざわめきを静めた。これに連動するように、李洸が方針を示す。

「今回の件について、それぞれの家で対応する必要がある事案もあると思います。特に商家と結びつきの強い方々には、物流の確保でこちらからお願いしたいことも出てくるでしょう。ですから、このあと家にお戻りになったら、まずは皆さんがかかわっている荷動きの状況を把握できるようにしていただきたい」

示されたのは、貿易都市栄秋を中心とする経済の安定だった。

だが、これをそのまま、自国が侵略されたのに放置する方針と受け取るのは早計だ。物流路の安定は、最終的に兵の派遣、兵站路《へいたんろ》の確保につながる。本格的な戦闘が途絶えて久しいとはいえ、朝堂の官吏の大半は威国との戦争が激しかったころを覚えており、さらに杜奏のように先帝初期からの高齢官吏ともなれば、五十年前の相華同盟成立以前のことも覚えている。建国から百五十年の相国は、国内の動きを抑え込み、国外の動きは遮断する、そのことにほとんどの時間を費やしてきた。

国土の大半を高地山岳地帯が占めているこの国では、人やモノを移動させる経路の確保が最優先課題になることを、朝堂に集う上級官吏なら誰もがわかっている。

「皆承知のことだと思うが、あえて口にする。東の街道、そして街道沿いの街西金。これらは我が国の生命線だ。現地の状況、相手の目的と規模、それらがわかりしだい、適切な対応策を講じ、すみやかに取り戻す。叩くときは、二度と同じようなことをする気にならぬように一気呵成《いっきかせい》に叩く。……だから、それまで逸《はや》ってくれるなよ」

中途半端に手を出せば、それを押し戻す勢いで西金よりさらに国内側に山の民が出てくる可能性もある。翔央と李洸がすぐには禁軍派遣を考えていないのには、そうした隙を相手側に与えないためでもある。

相手に隙を与えないために……は、翔央自身にも言えることだった。叡明と冬来が、西金で敵側の捕虜になっているかもしれない。そんなこと、誰かにバレるわけにいかない。頭ではわかっているが、気持ちはついていかないようだ。

翔央の手は、幾度となく佩玉に触れていた。蓮珠の目には、それが祈りのようにも、存在を確かめているようにも映る。もしくは、佩玉を通じて叡明の様子を知ろうと必死になっているかのようだ。

「李洸の部下を二名、大至急で現地に向かわせた。彼らを窓口として相手の意図を探る。まずは、そこからだ」

示された方針に、官吏たちは無言で応じる。文句が出ないということは、とりあえず了承ということなのだろう。

玉座の主上が頷き、玉座を立つ。

「これで朝議は一旦解散とする、万が一に備えてできるだけ自邸にいるように。お互いに新年早々落ち着かぬことだが、祖廟《そびょう》への礼を尽くすとしよう」

太祖の話をしたせいだろうか、翔央がそんなことを口にした。

春節のせいもある。本来なら新年一日目は、早朝から本家に集い、祖霊に対して新たな一年の安寧を願って頭を下げる日だ。それを、夜も明けやらぬうちから朝堂に集まり、皇帝に頭を下げているのだから。

高大民族は長く祖先崇拝を重視している。皇城内の天廟には西王母を祀《まつ》り、祖廟には歴代の皇帝が祀られている。そこには、疫病や災害は天のもたらすもの、家の幸福と繁栄は祖先がもたらすものという考えがある。

戦争や疫病、災害、国家単位の出来事など個人の力ではどうにもならないことにおいて無事を祈ったり、終息を願ったりする場合は天に祈る。家単位のことや個人的な願いは祖先に祈ることが多い。

蓮珠の邑にも、邑を守ってくれる天廟があった。これとは別に各家には祖霊を祀る祭壇が置かれていた。

「さて、今回の場合、俺は天廟と祖廟のどちらに行くべきなんだろうな……」

朝堂を出たところで、翔央が小さく呟いた。蓋頭越しに見上げたその横顔は、とても苦しそうに見えた。


相国の皇族に与えられる権限は皇帝の子一代に限られ、その子孫にまで受け継がれることはない。これは、相の太祖が高大帝国末期に政争に敗れて西の地に逃げてきた貴族であることに由来する。帝国末期というくらいで、国は傾き、内側から瓦解するのは目前に思われた。国内貴族としては中の上程度の地位にあった青年貴族の郭《かく》氏は、賛同する官僚らとどうにか国を立て直そうとしたが、既得権益にしがみつく上位の貴族たちに阻まれて陥れられ、ついには国を追われることになった。わずかな手勢で西の地に落ち延びた彼は、この地から帝国に反旗を翻《ひるがえ》して、国を建て、同時に貴族のいない官僚主義国家とすることを定めた。

「一方、同じころに帝国の異民族政策に反旗を翻し、北の部族をまとめて国の体裁を整えたのが威国の初代首長ね。二国の大きな違いは、前者は国の立て直しのために官僚と手を組んでいたことから文重軽武の官僚主義国家の道を歩み、後者は異民族政策を武力によってはねのけた経緯から武を貴ぶ戦闘騎馬民族による部族集合国家となったことだわ」

蓮珠が臨時朝議から白鷺宮に戻った時には、威公主は船酔いからすっかり復活していた。だが、元気になった彼女は歴史の講義をしたいわけではない。

「だから、荒っぽいうちの国は、なにかあるとすぐに軍を動かそうとするのよ。ハルに相国がすぐに中央地域に対し乱暴な対策は取らない方針を伝えて、とにかく静観するように言わないといけないの」

急ぎ帰国するために身支度を整えているところだった。もう少し体を休めてからのほうがいいのではという蓮珠の言葉に、それでは手遅れになる理由として、それぞれの国の成立から話が始まったのだ。

一国の歴史を記述する書はあれど、同時代に存在する二つの国家を成り立ちから比較して記述する書は少ない。歴史書は、基本的に国家事業の一環として書かれる。だから、筆記者は所属する国家を正しいものとして書くことに心血を注ぎ、他国のことは悪く評するか無視するものだ。幼いころに故郷を失った蓮珠も、正式な教育は都に来てから受けているので、相国中央で語られる歴史しか知らなかった。

「では、威国の成立は相国成立とほぼ変わらない時期なんですね」

「そうなるわね。この国に来て、この国の歴史書を読んだからわかったことで、威国の史書にもはっきりと書いてあるわけじゃないわ」

答えながら、威公主は広げた大判の布の上に必要最低限の荷物を置いて、くるんだ。

「庶民の旅支度に慣れていらっしゃいますね」

威公主に言われて旅に最低限必要なものを集めてきた秋徳が感心する。

「戦場の移動で慣れているのよ。威国の人間は、物心つくと馬一頭と最低限の荷物で戦場に放り出されるものなの。首長の子であっても基本は同じね。女児は母親の部族任せなんだけど、ワタクシの場合、それが首長の部族なものだから年がら年中どこかの戦場に連れまわされるわけよ。それでも一人は護衛をつけてくれるからかなり優遇されているのだけど、身支度は自分でするの。さすがに公主的な着飾った衣装は一人で着られないけど、これぐらいならば一人でできるわ」

さすが威国、公主であっても戦場を連れまわされるとは……と思う蓮珠の目の前で、威公主がすっくと立ち上がる。

「じゃあ、そろそろ行くわ。白鷺宮様がいい馬をお持ちで助かったわ。ワタクシにとっては、船より早いもの。うまくいけば、明後日には国内に入れるはず。ハルが国境で待っていてくれるから、そこから都へも最速で戻れる」

威国の都は、地理的には国の中央から東南寄りの場所にあるそうだ。それでも、威国に入り、威で生まれ育った馬に乗りかえれば、あっという間に都に着くそうだ。

「陶蓮、威国が相国と山の民に余計なことをしないよう、ワタクシは尽力するわ。だから、白姉様《はく》のことは、あなたが尽力してね」

本音は、自身で動きたいはずだ。肩に触れた威公主の手にかかる力でそれを感じる。だが、威公主が動けば、威国が動くことになる。

「西金を遠くから窺っただけで栄秋に戻ってきたけど、遠目に見えた旗の色は淡黄だったわ。ワタクシが知っているのは威に近い集落のものだけど、おそらくあれが集落旗で間違いないでしょう。山の民は大きく分けると八つの集落に分けられるんだけど、この八集落はそれぞれに中央からの方角に対応する集落色を持っているの。色からして、あれは華に近い坤《こん》という集落だと思うわ」

威公主は最後の仕上げに沓《くつ》まわりを整えながら、眉を寄せる。

「威国の長年の悩みの種は、威の南にある坎《かん》という集落なの。中央への通り道をふさいでいるわりには、閉鎖的な集落で中央地域とも我が国とも一切のつながりを持とうとしない集落よ」

中央地域と周辺国を隔てているのは、高くそびえる山々と幅の広い河川だ。しかも、山の斜面は鋭く傾斜し、岩盤は固く、道を通すことを拒んでいる。故に、大陸の東に興り、大陸のほとんどを支配した高大帝国は、天然の要塞に囲まれた中央地域に帝都を置いたのだ。

この天然の要塞にも細い通り道は何か所かある。帝国時代中央と地方の通商路として使われていたこれらは、その周辺もわずかながら開拓され、かろうじて人が住める場所になっていた。そこに都を追われた人々が身を寄せ合って住みつき、今では山の民の集落と呼ばれるものになっている。

集落は、中央地域進出を考える周辺国からすると、数少ない通り道だ。

「いっそのこと、通行料でも取るくらいの商魂を見せてほしいものだけど」

なるほど、威国にとって、坎《かん》はただの立ちふさがる岩山の一部のようなものでしかないようだ。

「おまけに、この集落が黒の集落色を掲げているの。ケンカ売ってるのかって話よね」

威公主がため息をつく。

黒は威国の国色である。それを集落の色に掲げて、無言のまま中央への道の間に立ちふさがっているとなると、どう考えても威の中央進出を阻む意図を感じる。

「ただ、だんまり決め込んでいるからこっちも文句つけにくいし、あれだけの岩山となると、平原で走らせることが前提の威の騎馬隊は不利でしかなくて、戦いを仕掛けることもできないって状況よ。おかげで威国が中央地域を窺うには北東の艮《こん》か、西北の乾《けん》を経由することになるけど、東西大国の目もあるし、本当に偵察隊を通すだけになるわね」

とりとめもなく山の民の話をしていた威公主だが、旅荷物を斜め掛けに背負うと、表情を引き締めた。

「威公主様……」

椅子から腰を浮かした蓮珠を、威公主がやんわりと片手で止める。

「見送りに出てきちゃダメよ。……威皇后の妹公主は、表向きすでになにごともなく春節で帰国している。ワタクシは、ここに居ないはずの身だわ」

蓮珠は無言で頷き、了承を示すように再び椅子に腰を下ろした。

「陶蓮、表のことも裏のことも合わせて、姉を頼みます。……あなたに託します」

振り向かずに言う威公主の声は、かすかに震えていた。本当は相国に残り、自分の手で姉を救いたいのだろう。

それでも気持ちを押し殺し出ていく威公主の背に、蓮珠は頷いた。背を向けた彼女には見えなくても、気持ちは伝わっているだろう。お互いに今いる立場でできることに尽力する、遠ざかるうしろ姿にそう誓った。


威公主の出立を報告するため、蓮珠は秋徳を付き添いに壁華殿の皇帝執務室へと向かった。廊下を歩く蓮珠は、あくまでも威皇后であり、急《せ》く気持ちを抑えて優雅に進む。だが、もうすぐ執務室につくと言うところで中から扉が開いた。

出てきたのは、李洸の部下の一人だった。皇后の前を走って通り過ぎる急ぎように、蓮珠と秋徳は執務室へ駆け込んだ。

「なにごとですか？」

執務机の先には、椅子から立ち上がったままの皇帝の姿があった。執務机の前には、報告に来たのだろうと思われる文官が張り詰めた表情で跪礼している。

「西金から要求があった」

その声は憤りを無理やり抑え込んでいるとわかるものだった。蓮珠はすぐに返す言葉を口にはせず、肩越しに背後を見る。意を汲みとり、秋徳が扉を閉めた。蓮珠は廊下を歩いてきたよりも足早に翔央の傍まで行く。

「お声に常ならぬ響きを感じますよ、主上」

袖《そで》にそっと触れる、彼は一瞬息を詰めてから、袖を押さえている蓮珠の手に、自分の手をそっと重ねた。

「すまない。余が冷静さを欠いてはいけないな」

翔央が椅子に腰を下ろす。報告に来た文官が張り詰めていた息を少しだけ吐き出した。皇帝という存在は、立っているだけで下の者たちに緊張を強いるのだ。

「要求の大枠は理解した。子細を李丞相に」

翔央がぼそぼそと抑揚のない声で言うと、文官を退《しりぞ》かせた。

文官を見送り、改めて扉を閉めた秋徳が戻ったところで、室内の全員が息を吐いた。

「皇后様！　ありがとうございます、李洸様のいない状態では誰も『主上』を止めることができなくて〜！」

わかる。蓮珠は頷いていた。皇帝の身代わりとして叡明の振りを忘れるほど感情をあらわにする翔央を止めるのに、李洸であれば『主上』の一言で終わらせられる。それは丞相という地位もあるから許されることで、基本的に皇帝が声を荒らげているのを止められる者などいないのだ。

「皆に謝らねばならないな、悪かった。それと、威皇后にも感謝を。助かった」

先ほどとは、すっかり気持ちを切り替えたのだろう。穏やかな声で謝罪をする。

自分の非を素直に認めて、誰に対しても謝罪と感謝をすぐに行なえる、翔央のこういうまっすぐなところが、蓮珠には非常に好ましい。

「いいえ、主上の助けになれて良かったです。……相手からの要求と仰っていらっしゃいましたが、どのような？」

「西金の支配権を認めることと、人質ひとりにつき砂金二袋だ。しかも、明景《めいけい》の証明印つきのものという指定付きだ」

街の割譲ばかりか、身代金要求までしてくるとは、相手はかなり強気だ。

「明景の印入りの砂金ですか」

明景は相国の南端にある街で、装飾加工の名工が集まり、大陸中から宝石商が集まる街でもある。最高級の宝石の代価に使われるのが、明景がその金の質を保証する印が押された袋に入っている砂金だ。砂金が使われるのは、宝石取引の際に値に見合った量の増減がしやすいことや、国家間の貨幣価値の調整が不要なことが理由である。

「大商人が砂金一袋で買い付けをして国に帰っていくんですよ。それを二袋だなんて、山の民は正気ですか？　山の民は砂金の価値がわかっていないのでは？」

李洸の部下の一人が怒りを滲ませた声で言う。

たしかに砂金一袋あれば、都のいい場所に屋敷を構え、主と妻に側室二人、未成年の子どもを五人ぐらい抱えても、十人程度の家人を雇って、数年間は遊んで暮らせる。

蓮珠は驚きすぎて、翔央に確認してしまう。

「主上は武装勢力が本気で一人に対して、その金額を払えと要求していると思っているのですか？」

「……どうだろうな。実のところ、彼らは価値基準が十分にわかったうえで、要求しているのかもしれないと疑っている——こちらが払えない前提で、な」

これには秋徳が首を傾げる。

「払えないとわかっていて、身代金を要求……ですか？」

「考えてもみろ。身代金を受け取れば、武装勢力にとって今回の件は西金の街一つを手に入れただけで終了だ。でも、相国が身代金要求に応じなかった場合、交渉決裂を理由に、他の場所にも手を広げられる。うまくいけば、もう一つか二つ、街を手に入れられるかもしれん」

翔央の考えに執務室内が黙り込む。

「……人質の中に、あの方がいるから、無茶な要求をされているわけではないとお考えなんですね？」

恐る恐る蓮珠は問いかけた。

「いや、半分くらいは、俺の願望だ。……気づかれては、この先のすべての交渉で足元を見られることになる。不利なんて話では済まない、相手の言いなりだ」

翔央の手がまた佩玉に触れている。この場に居ない『片割れ』を引き寄せるかのように。

蓮珠はその姿に胸が痛んだ。李洸には「冷静な考えではない」と一蹴されていたし、蓮珠も止めたが、翔央の心はいまも叡明を自ら救いに行こうとしているのだろう。

「……さきほど出立された威公主が、西金の様子を見に行った際に淡黄の軍旗であることを確認したそうです。淡黄は中央から見て南西の坤《こん》の集落色です。坤の集落は華国に近く、もし交流があるのならば、山の民であっても砂金の価値や相国の支払い能力も知っているのでは？」

蓮珠も翔央の願望に賛同した。それで何が解決するわけでもない、相手が無茶な要求をしていることだって変わらない。それでも、叡明と冬来が『特別な人質』として利用される状況にあるというのは否定したかった。

「坤か……。誰か、動ける者はいるか。坤の集落の詳細を調べろ。一集落が一つの街を占拠するほどの武力をどう手にしたのか知りたい。できれば、兵の数と武器の種類も含めて」

「御意」

また一人、李洸の部下が執務室を飛び出していく。

「そろそろ呼びにやった李洸がこちらに来るはずだ。あいつのことだ、内政府からここまでの間に色々と考えているだろうから、まずはそれを聞くとしよう」

翔央が自分を冷静に保つためにそう口にしているように、蓮珠には見えた。

第二章

以逸待労〔いいつたいろう〕

武力蜂起発生を知ってから、まだ一日と経っていない。にもかかわらず、情報は次々に入り、事態は刻一刻と変わっていく。しかも、悪いほうに。

「人質はどのくらい居る？」

春節を迎えた日の夕刻、執務室には翔央、李洸、蓮珠に加え、張折が集まっていた。

「身代金要求と同時に送られてきた人質の所持品とされるものから推測するに、十名程度です。威国の商人に関しては、急ぎ栄秋に滞在していた威国の者に確認しました」

西金から使者代わりに栄秋に送られてきた相の商人が、捕えている者の所持品の一部を持たされていた。山の民側がたんに何人捕えていると申告するだけでは信憑性に欠けて、身代金の要求が通らない可能性があるため、囚われている者たちが、それぞれに自分を示すものを出したという。李洸が急ぎ所有者を調べさせたところ全体で十名程度になった。

この間にわかったことは、西金の街の人々はほぼ無事であるということだった。街の騒ぎはすぐに県令の元に届けられ、現地の武官たちが街の人々をできるだけ避難させていたという。

「よくやった。その避難民は近隣の街で受け入れているのか？　物資の不足に陥らないように受け入れ先に国庫から食糧を送ろう」

翔央は素直に賞賛に値すると口にした。だが、すべての民が避難できたわけではない。

街道の街である西金は、多くの商人たちが立ち寄る宿場町の役割を担っている。人質は、春節の時期に国内を移動していた旅人やこの時期を商機として都に向かっていた商人たちだった。

「街を占拠した以上、地元の者を人質にしても現地にある物資以上に奪えるものはねえからな。だが、地元の者以外ならば、身代金としてもっと大きな金を引っ張ってこれるかもしれん……そういう考えによるもんじゃねえか」

張折は、西金の民が避難に成功したのは、西金側の行動の結果ではなく、むしろ占領した坤の集落側の都合という見方を示した。

「つまり、張折先生は、手っ取り早く金になりそうな人間だけ捕まえて、そうでない人間は意図的に街から追い出したとおっしゃりたいのですか？　そうだとしたら、坤の集落の者たちは、なかなか手慣れていることになりますね」

翔央は半ば感心する。

武官も、戦場で似たような考え方をすることがある。敵軍の捕虜は、誰でもいいわけではない。敵軍が交渉に出てこざるを得ないような人物を選ばなければならないのだ。

「この集落の主要構成員は、帝都で裏商売をしていた者たちの末裔のようです」

「犯罪組織が集落を？」

「いえ、組織丸ごとではないようです。組織の末端とある程度の人数を束ねていた幹部というところですね。中央の組織と断絶後にこの地に根を張り、いまに至るまでこの集落は、ひとつの家とその親族が全体を支配しているらしいです」

朝議では、帝国を追われた貴族や官僚が集落を形成しているという話があったが、帝国末期に行き場を失ったのは貴族や官僚だけではなかったようだ。

「あちらからの話では、人質は行商と旅人ということです。威の商人も含まれているようですから、最速で動かねば、あとで面倒なことになるのではないかと思われます」

李洸はあえて感情をこめずに『旅人』という言葉を口にした。緊急時の報告を受けるために執務室の扉は開けたままになっている。いつ誰が来るともわからないので、旅の学者とその従者の正体を知られないように言葉を選んでいた。

「そこは、姉妹の情に頼るとしよう。……威皇后よ、妹御に書状をお願いできるか？」

「妹も、相と威の友好な関係のために、すでに尽力しているはずですが……主上のお言葉とあらば、念には念を入れるため威国の静観を求める書状をしたためましょう」

相を去る時の、強い決意を感じさせる威公主の小さな後ろ姿を思い出しながら蓮珠は答える。それから一礼し、書状を書くために衝立《ついたて》の裏に入った。

そこに置かれた机には、叡明の代筆者である翠玉《すいぎょく》がいる。蓮珠は声を潜めて尋ねた。

「福田院《ふくでんいん》（養護院）は、いいの？」

故郷を失い都に逃げ延びた蓮珠と翠玉は、都の南にある福田院に引き取られた。いまでは、その福田院が実家といえる存在なので、官吏になって官吏居住区に住むようになってからも、毎年春節のお手伝いに行っていたのだ。

「緊急事態には、主上の署名が必要になることが多いからって、李丞相からのお迎えが来たの。……まだあまりよく事情が呑み込めていないんだけど、なにがあったの？」

妹に問われて、蓮珠は、これまでにわかっていることを説明した。

するとと、翠玉は首を傾げて蓮珠に問いかけてきた。

「さっさと身代金を渡して、人質を解放してもらえばいいってわけじゃないの？」

どうやら翠玉は、砂金二袋がどれほどの金額に相当するのかがわかっていないらしい。

蓮珠は翠玉に砂金の価値を説明しながら、急にあることに気づいた。

「そうか……多くの相国民も、翠玉と同じなんだ」

蓮珠は再び衝立の表へ出ると、まず張折に尋ねた。

「身代金に関して、朝議全体の考えはどのようになっていますか？」

「個人を助けるために、国がすべての国民の今後を犠牲にするわけにはいきますまい、だとよ」

一人当たり砂金二袋など払うつもりは毛頭ないらしい。官吏の大部分は冷ややかだ――人質は彼らの縁者ではないのだから。

それよりも身代金を払うことで国庫が困窮し、今後予定している国家事業に影響が出るほうが、彼らにとってはよほど大きな問題であるようだ。国の北のほうの戦後復興はまだまだ十分ではない。南だって水害対策や航路の安定など、河川の大掛かりな工事が必要なのだ。

「……ですよね。朝議にまで出てくるほどの官位の者であれば、砂金二袋の身代金が法外な要求であることはわかりますものね――でも、相国民の多くは、そんなことはわからない」

蓮珠が言うと、張折が一瞬間をおいて目を見開いた。

「待て待て、そりゃ……マズいぞ」

「どうしました、張折先生？」

「朝議の官吏と国民の感覚の違いだ。砂金二袋の身代金を、朝議は払えるわけないと一蹴する。だが、砂金二袋と聞いた相国民のどれだけの者が、その選択に同意する？　国庫の金塊一本じゃ砂金一袋にもならないなんて誰が思う？　……相国民の大半は、朝議の決定に納得しねえ。はした金ケチって人質を見殺しにしたと思うんじゃねえか？」

　まさか武装蜂起した山の民は、そこまで計算しているのだろうか。だとすれば、恐ろしい。思わず身震いした蓮珠と呼応するように翔央も執務机の椅子から腰を浮かせ、李洸と見合った。

「なるほど。現実として、人質の家の者に支払える金額ではない。そして、まとめて全員分を国が負担できる金額でもないということか……」

　翔央が言葉を区切ったことで、執務室内は静まり返った。

「つまり、これは、相国政府の権威を落とすための策かもしれないということだな。……相国が人質を見殺しにすれば、自国の商人を殺された威国はもちろんのこと、相国内からも不満が出るだろう。この蜂起の狙いは、内側からこの国を瓦解させることなのか……」

　蓮珠は蓋頭の下で、思わず口を半開きにしていた。自分は朝議と国民の砂金に対する認識の違いから、双方に不満が出てくるであろうことを指摘するつもりだったのだが、その不満がさらに国の瓦解にまでつながる可能性があるとは思っていなかった。

「主上は、それが相手の狙いだと？」

　しばしの沈黙のあと、確認するように、李洸が翔央に問う。

「たしかに以前言ったように交渉決裂を理由に手に入れる街を増やしたとしても、集落の武力など人質の命を無視して一国が本気で押しつぶしにかかればそれまでだ」

翔央の言葉は、李洸に、というより、この場でまだ事態を把握しきれていない蓮珠や李洸の部下、翠玉に聞かせるためのようだった。そして、最後に李洸や張折に確認をとるように続ける。

「これは、相国が身代金を払うか否かに関係なく、国内で朝議への不満を生じさせる罠だ」

蓮珠は、上司の横顔を見上げた。軍師時代、幾重にも策を巡らせて、戦う前に争いの芽を摘み取ることで、相を勝てずとも負けない国にしてきた人だ。なにかこの状況を覆す策を思いついているのではないかと期待してしまう。

だが、その張折がため息とともに首を振った。

「大変申し上げにくいのですが、主上の仰るその罠は、もうすでに発動している状態にございます」

蓮珠の頭に、身代金の問題を他人事だと考え、すっかり支払い拒否の方向に固まりつつある朝堂の官吏たちの顔が浮かんだ。このままでは、身代金は支払われず、国民は朝議に対して不信感を募らせるだろう。それは、長い戦が終わり、やっと治世が安定してきた相国にとって、致命傷にもなりかねない。

「さて……人質の身代金、どうしましょうかねぇ」

張折が言って苦笑する。

理不尽な要求を突き付けられ、二つの選択肢のうち、どちらを選んでも、国の平和を乱しかねない……そんな策略が、すでに動いているなんて。

確かに足元にあるはずの地面にひびが入っていくような、そんな不安に蓮珠の心は囚われていった。


国が巨額の資金を用意する際には、純粋に国庫から出すだけでなく、借金をするという選択もある。相国の場合、大陸に名を知られる貿易都市栄秋があり、そこを本拠とする商人たちは、国からの借金要請に応じられるほどの莫大な財産を持っていた。

まずは、彼らに声を掛けてみるというのが、張折の提案だった。

行部のある庁舎は、三つの部署が集まった合同庁舎になっている。いずれも、今上帝によって新設された部署で、庁舎出入口を正面として左から国史ならぬ大陸史編纂《へんさん》室、中央には定期的に都や地方の商人を招いて、国内外事情を聞き取りする部署。右に行部となっている。

この庁舎に来たのに、行部ではなく中央の部屋に入り、かつ最奥の一段高い長椅子に腰かける日が来るなんて、蓮珠は想像もしていなかった。

春節を迎えた翌日、栄秋商人たちの耳にもすでに東街道のことは入っているようだ。

「大変心苦しいのですが、我々でお手伝いできるような話ではないようですな」

国内でも豪商として知られる袁《えん》氏が、そう返した。この場の顔役ともいうべき人の言葉に、ほかの商人たちも頷いて見せる。

財力のある有力商人から資金援助を得られないということは、直接国庫の金を使うよりないということだ。

彼らの反応は、ある程度予想はしていた。残念だが、今上帝には有力商人との人脈がない。二年半前に即位した叡明だが、わずか数年前まで立太子候補にすら名の上がらない、引きこもり皇子だった。即位するであろう者が積み重ねてきた官僚や商人との交流を持っていなかったのだ。

「我らは商人でございます。利のない取引は致しません」

はっきりと言ったのは、南部に本拠を持つという商人の一人、孔《こう》氏だった。

南部の商人は、華との商売で潤っているので、威国との関係が悪化しても影響はないという考えのようだ。それどころか、商業的に対抗してきた威国商人など消えればいいぐらいに思っていそうだ。

「我々を動かしたいのでしたら、どうぞ我々にも利益があるとお示しください」

どうやら今上帝に恩を売るのは、彼ら有力商人にとって、『利益』にはならないらしい。

蓮珠のような宮仕えを生業《なりわい》にしていると、『国あっての官吏』であるわけなのだが、国がなくても売り手と買い手がいれば商売が成り立つ商人からすれば、国がどうなろうと危機感はあまりないのかもしれない。

特に南部の商人は、相国本体が威国との戦争に疲弊し財政が傾く中で、華相間の同盟成立を好機とし、華国から仕入れた武器や装備を相国禁軍や四方守備隊相手に売りつける商売で財を成した。

いまさら国の後ろ盾云々《うんぬん》なんてものは、必要ないと考えているのだろう。

それまで李洸と商人の間のやり取りに耳を傾けていた翔央が、商人に尋ねた。

「孔漣《こうれん》と言ったか？　そなた、今回のように人質の命がかかった事態に対しても、商機がなければなにもせんという考えか？」

皇帝の直言に、さすがの孔漣も焦ったように返す。

「そ、そういうことではございません、主上。……なんと申しましょうか、身代金を援助した結果起きる国や集落同士のあれやこれやという話となると、わたくしめのような商人の身では想像つかぬところでございます。故に我々でもわかる『利』があるか否かの話まで引き寄せたいということでして。もちろん、我らに勅命を下されるのであれば、それ相応の覚悟にて応じさせていただきますが……」

引いたように見せて、その言葉は「俺たちに利益をよこせ」と慇懃無礼《いんぎんぶれい》に皇帝を脅している。大陸屈指の貿易都市となった栄秋の豪商ともなると、自らが持つ力をよく理解しているようだ。

「ほう。……もし、この話でお前たちに生じるとしたら、この国が倒れた場合の『不利益』だな。覚悟というのは、そうなったときに受ける損害のことか？」

一段階、翔央の声が低くなる。その迫力に、皇后として隣に座っている蓮珠も心臓が飛び跳ねた。

「相国が倒れるなど……この国が倒れれば、我々とて商売など吹っ飛びます」

孔漣を制して、袁氏が言った。商家の顔役としては、皇帝の不興を買うわけにいかないだろう。営業許可は国が与えるものだ、それを若い商人の発言ひとつで取り上げられてはたまらないと思ったのだろう。

「ですが、主上。ただ一点、商人として申し上げたいことがございます。我々商人にとって、取引相手を信用できるかは重要な問題でございます。今回のお話でいただきましたような巨額な貸付となれば、なおさらのこと。……しかしながら、我々と主上の間に、それがございましょうか？」

　丁寧な、だが、確固たる拒絶。顧客としての信頼の欠如。それを持ち出されては、こちらが言葉を重ねるほどに権力による強要といった側面が強まり、信頼から遠ざかってしまう。

「そちらの考えはわかった。次回はもう少しお互いが楽しい話になるように心がけるとしよう」

　翔央が言って、李洸に視線で合図する。

　商人側が素早く視線を交わす。おそらく、もっと押してきたところで、折れてみせることで恩を売るつもりだったのだろう。当てが外れたと顔に出ている者もいた。

　だが、さすがに顔役と言われるだけあって袁氏は、人のよさそうな笑みを浮かべると、ふくよかな身体を縮めて叩頭した。

「今後ともごひいきに」

　翔央は長椅子を降り、蓮珠を引き連れて部屋を出ていく。

「あとは、李洸に任せよう」

　庁舎を出たところに待たせてあった輿《こし》に乗る直前、翔央が悔しげに言った。

　威公主と李洸から報告が入って一日以上が経過した。だが、西金の街奪還も叡明と冬来の救出も、まったく進展がない。

自分が助けに向かうことも許されず、この宮城に留めおかれているのだ。翔央の焦りも苛立ちも増すばかりである。その顔には、皇帝の仮面が剥がれ落ちた、翔央自身の悔しさが浮かんでいた。

蓮珠は、そっと翔央に身を寄せ、その袖に触れる。

「主上、いまは待ちましょう。西金の状況がわかれば、話も変わってくるでしょうから。民を想いすぎて、お体を損なってはいけません。いざというとき、民のために動くことができなくなりますわ」

輿の担ぎ手が味方であるとは限らない。それは、最初の身代わりで身に染みている。確実に味方しかいないと保証されている場所以外では、蓮珠は、どこであっても皇帝に接する威皇后として振舞っている。

その蓮珠を見て、翔央も皇帝の仮面を被りなおした。

「皇后の言うとおりだな。……戻ろう、もう夕餉《ゆうげ》に近い。明日の朝議を待つとしよう」

静かに返して、輿の担ぎ手を促した。

日が傾き、徐々に暮れゆく石畳の宮城内を、皇帝を乗せた輿が皇城側へと向かって進む。その後ろに皇后を乗せた輿が続いていた。春節を祝う華やかな装飾もなく、常よりも慌ただしく官吏たちが宮城内を行きかっている。

輿で運ばれながら、その様子を眺めていた蓮珠は、自身の顔に不安や焦りを読み取られないように、蓋頭の下端を少し引いて俯いた。


春節は、新年の祝いを行なう期間を指す。元旦の前日から人々が集い、大騒ぎしながら新年の訪れを待ち、元旦からは様々な宴で新たな年の幸いを祈り、最後は正月の十五日目、満月の夜の家の軒先に灯篭《とうろう》を飾る元宵節《げんしょうせつ》で終わる。

宮城内の空気は一連の新年行事を祝う雰囲気ではないが、栄秋の街はそうとも言えない。混乱を避けるために西金の件は、大々的に発表されてはいないので、祝いの宴がそこかしこで開かれていた。

夜更けになっても遠く栄秋の街に集う人々のにぎやかさが、皇城のほうにまで伝わってくる。皇城の中央北側に位置する皇后の居所、玉兎宮《ぎょくときゅう》にも届いていた。

「扉を閉めましょうか？」

皇帝のお渡りを迎え入れた皇后の問いに、皇帝が首を振る。

「月明かりも頼りない夜だ、栄秋の夜灯りを眺めるのも悪くない」

夜空に浮かぶ月は、まだ二日の月。針のように細く、月明かりは弱々しい。

「では、そのように」

皇后が目配せをすると、お付きの者たちが下がっていく。その気配が完全に遠ざかってから、蓮珠は部屋の長椅子の端に置かれた褙子《はいし》を手に取ると、翔央の肩にかけた。

「お疲れですね、夜の薄暗がりであってもわかります」

蓮珠は翔央と並んで長椅子に座ると、お茶を差し出した。

「……慣れたものだ。最初は、俺と同じ高さに座るなんてと言っていた。そのあとも、茶器も持つ手が震えていたのにな」

最初に身代わりの話をされた時のことだ。

「こういったことは、慣れるよりないです。いまも内心ではびくびくしていますよ」

降りて跪礼すべきか、そう思う蓮珠の気持ちを察したように、翔央の手が茶器に添えている蓮珠の手に触れた。

「すまない。お前には慣れねばならぬほど、身代わりをさせてきた。あの一回だけのつもりだったのに」

なんと返そうか。不敬を承知で、そうなったのは主上がたびたび身代わりを必要な状況を作るからであって、翔央のせいではないと言ってしまいたいところではある。

「……翔央様が隣にいてくださいますから、大丈夫です」

「ぷっ。お前、いまなんだか色々と飲み込んだな」

そんなことでも笑ってくれるなら。蓮珠は翔央の言葉を否定せずにおいた。

「わかるぞ。いったい何度人任せにして城を出ていけば気が済むんだって話だよな。今回に至っては、その上にとんでもない事態に巻き込まれやがって、勘弁してほしい」

笑って言う横顔が、ふいに悔しげに歪《ゆが》む。

「……どうして、行かせてしまったんだろうな。今回の視察は、最初から危険な場所の様子を見に行くと言っていたんだ、止めるべきだった。視察こそ俺が代わって行くべきだったのに」

自分たちは慣れてしまったのだ。城を出ていく二人の身代わりになることに。あの二人ならば大丈夫だ、いざとなれば後宮警護官であり翔央もその強さに舌を巻く冬来が叡明を護って切り抜けてくれるだろう、そう油断していた。

だが、いくら冬来でも、今回のような武力蜂起集団が相手では対応ができない。直接、叡明だけが狙われたのならば、対処のしようもあるだろうが、ほかの者たちと一緒に扱われては、二人だけで逃げるということもできない。むしろ、叡明なら、ほかの人質に手を出させないために全知力を傾けるのではないだろうか。

「今回の件で思い知った。俺では叡明の身代わりになどなれない。……きっと、叡明であったなら、この事態の打開策をとっくに思いついているはずだ」

果たして本当にそうだろうか。蓮珠は内心で疑問に思う。

たしかに叡明は驚くほどに頭の良い人ではあるが、翔央の中にいる叡明は、実際の叡明を超えて、天帝様《かみ》のように完璧な存在になっていると感じるときがある。

自らは皇帝にならないと決めているこの人だって、叡明とは違う形ではあるものの、十分に皇帝の器を備えていると思うのだが……。

だが、今それを伝えても、双子の片割れの安否で頭がいっぱいの翔央を困らせてしまうだけだろう。そう思い、蓮珠はそっと言葉を飲み込み、ただ彼の手に自分の手を重ねた。

「……もし、二人が戻らなかったら、俺たちはどうなるんだろうな」

翔央が重ねられた蓮珠の手を軽く握りながら、誰に問うともない言葉を口にする。

それは、初めて身代わりをしたときに、蓮珠の頭をよぎったことだった。

「……最初の身代わりのとき、このまま死んだら、はたして自分は誰として葬られるのだろうってわたしも考えました。わたしが死んだあとに冬来様がお戻りになって、その『影』として死んでいった名もない誰かとして葬られるとしたら、陶《とう》蓮珠としてのわたしはどうなってしまうのだろう、って」

翔央は何も言わず、視線だけで話の先を促す。

「そのとき、秋徳さんが言ったんです。死んだ後のことなんてどうにもできないんだから、いかに生きるかを考えましょうって。あと、死後どう扱われるかは、いかに生きたか、どう周囲と接してきたかによるから、とも」

「あいつ、身も蓋《ふた》もないな。頻繁な身代わりで、俺は同僚や小隊の部下に恨まれまくっているぞ。ろくな葬儀にならないいな」

翔央の眉が寄る。蓮珠も繁忙期にたびたび抜けてさぞ恨まれているだろう自覚はある。

だが、今回だけで言えば……。

「行部の陶蓮《とうれん》は、今回の騒動で帰省先から帰れないことになっているんですよ。いまではなにもない邑跡の石碑に墓参り行っていることになっていて。そういう意味では、黎令《れいりょう》殿あたりは、街道閉鎖した山の民にぶつぶつ言っていますよ、きっと。なんとかの法令に照らし合わせると今回の件はどうたら……みたいな」

口の回転と知識量は相国官吏の中でも一、二を争うであろう行部の同僚の口真似をしながら蓮珠が言うと、翔央が笑う。蓮珠も自分が言ったことながら笑ってしまう。

「それは、想像できるな。……考えてみると、俺たちだけでなく、俺の小隊にも行部にも迷惑を掛けているんだな、叡明め。陶蓮珠帰京の条件は、結局、西金の件を解決することになるわけだ。これはなにがなんでも、帰ってきてもらわねばならないな」

「そうですよ、お二人にはお帰りいただかないと」

言った蓮珠の目の前で、翔央が玉帯に付けている佩玉を握りしめた。

「ん？　……どうした？」

「あ、いえ。……最近、ずっとその佩玉に触れていらっしゃるなって思って」

翔央は、手の中の佩玉を見下ろして言った。

「ああ。……同じものを叡明も持っているから、無事を祈っていることが、本人にも伝わるような気がしてな」

翔央の手の中の佩玉は、繊細な彫刻が施された乳白色の玉環を中心として、その上下にもいくつかの石を配置し、濃い青の紐に吉祥を願う飾り結びでつながっている。全体が国色を意識した白と透明の石でまとまっている中、蓮珠の視線はどうしても、上のほうに結ばれた赤い小さな玉に吸い寄せられてしまう。

「この一番上の石か？　これは、赤いが翡翠だ。母上が叡明と俺にくれたものなんだが、ほかの石は国色でそろえているから、よけい目立つな。母の形見であり、自身のお守りであり、お互いがお互いを守ると誓った証でもある」

「きれい…ですね」

蓮珠は複雑な気持ちで笑みを浮かべる。翔央の目には、赤翡翠の美しさに心乱されたように映るだろうか。

翔央は、急に思いついた顔で佩玉の紐の一部を解く。

「これは、虎峯《こほう》山脈で見つかった巨大な水晶が皇室に献上されて、その一部から削ったもので、西王母の加護があるそうだ。きっとお前のことも守ってくれるだろう」

翔央は手にした小さな丸い水晶を蓮珠の手に乗せた。

虎峯は、国の中央を南北に貫く山脈で、西王母の足元に横たわる聖獣白虎《びゃっこ》の姿に譬《たと》えられる霊峰である。そこから出た水晶の一部というだけあって、小さいながらも、透明度が高く、それ自体が高貴な存在感を漂わせている。

「ありがとうございます。……皇家の石を賜れるなんて」

佩玉は身分証明のようなものだ。上質な玉が結ばれていることは、身分の確かさを保証する。なので、佩玉にこれほどの石があるというのは、いざというとき、本当に蓮珠の身を守ってくれる石になるだろう。

「あの、わたしにも、翔央様を守らせてくれませんか？」

蓮珠は、陶蓮珠の佩玉を取り出した。燕烈《えんれつ》に悪用されたので、人目につかないように身に着けていたのだ。その佩玉の小さな石を一つ紐から外し、賜った水晶を結ぶ。

「これは、まだ故郷の白渓《はくけい》にいた頃、山道を案内した旅の人にいただいたものです。石の名前は伺っていませんが、悪いものを近づけないようにしてくれる石だと仰ってました」

故郷が焼かれた日、蓮珠と翠玉を逃がす際に、母親から金銭を失っても佩玉だけは失うなと言われた。それだけが自分たちを守ってくれるものだと言っていた。まだ幼かった翠玉と未成年だった蓮珠、そんな姉妹二人が故郷を失い、頼る親戚もいない都に着いてからも、なんとか今日まで生き抜いてこられた。それは、この石が結ばれた佩玉によるものかもしれない。

「……これは……金剛石《こんごうせき》か」

翔央が驚いたように言い、蓮珠の顔を見た。

「そういう名前なんですか？」

「誰からだったか忘れたが、俺は一度だけ、もっと研磨された状態のものを見せてもらったことがある。そのとき聞いた話だと、玉石の中で最も硬い石だと言われていて、明景の宝石職人でさえ一生に一度お目に掛かれるかどうかわからないような貴重な石で、とんでもない高額で取引されているそうだ」

蓮珠は驚くと同時に慌てた。

「そ、そんな貴重なものをいただいちゃったんですか、わたし。たかが道案内で……」

その石は五つあり、蓮珠の佩玉に二つ、翠玉の佩玉に三つ結んである。とくに惜しむでもなく複数くれたので、蓮珠はとてもきれいな石だが、そこまで高価なものだとは思っていなかったのだ。

「その旅人にとっては、これだけの対価に値するものだったんだろう。行く道を失っては旅人廃業だろうからな」

翔央は丁寧に自分の佩玉に金剛石を結び付けた。

「ありがとう、蓮珠。これまでお前と翠玉の二人を守ってきた石であれば、さぞかし、強力な守り石となってくれるだろう」

佩玉を元のように玉帯に結び終えた翔央が、蓮珠に微笑む。

「……なにより、俺を護ってくれるとお前が言ってくれたことが嬉しい。約束する、蓮珠は、俺が守る」

差し伸べられた翔央の手を取る。月明かりも頼りない新春の夜の空気にひんやりとした大きな手を、蓮珠は両手で包み込んだ。

「約束します。わたしが、翔央様をお守りします」

長椅子で二人身を寄せ合う。二つのぬくもりがゆっくりと同じ温度になっていくのを、目を閉じて感じている。不安も焦りも、このぬくもりに溶けて消えてしまえと祈りながら、街から聞こえる喧騒を遠ざけ、互いの鼓動にだけ耳を傾けた。

どれくらいそうしていたか、茶もすっかり冷めた頃、翔央が呟くように蓮珠に問いかけてきた。

「都に居残る身代わりなんてものがいるから、自らが危ない場所に行こうとするんだと思わないか？」

本来、貴人の『影』という存在は、貴人の身の危険を肩代わりするためにいるのだ。そう考えると、いまの身代わりの在り方は、対極にある。

「そうかもしれませんね……」

蓮珠の同意に、翔央が力強く決意を口にした。

「よし決めた。俺はもう身代わりにはならない、今回で最後にする。叡明が出歩かなければ、義姉上《あねうえ》も都に留まる。お前も身代わりにならずに済む。皇帝・皇后には、ちゃんと都にいてもらうぞ。……それが、なによりもお互いを危険から守ることになる」

その『お互い』には、自分と翔央のことだけでなく、兄帝と翔央のことも含んでいるのだろう。

蓮珠は、改めて大切さを増した佩玉を、人から見えないように再び裙《くん》の内側に隠す。

「そうですね。……では、お二人が戻った時に支障なきよう、あと少しの間、完璧な身代わりでいましょう」

「ああ。玉座を預かる者として、今回の件に全力を尽くす」

翔央が、叡明の顔と声でそう口にした。蓮珠は大きく頷いて、それに応じた。

「わたくしも、全力でお支え致します」

いましばらくは、皇帝と皇后として、できるかぎりを尽くすと誓って、二人は今一度寄り添い合った。


正月三日目の朝。雨の音で目を覚ました翔央は、まだ暗い早朝の廊下を、一夜過ごした玉兎宮から皇帝の居所である金烏宮《きんう》へ、宦官一人を付き添わせて歩いていた。雨のせいか、夜通し騒いだあとの朝であるせいか、栄秋の街も今朝は静かだ。

「白染、栄秋より北にある西金の朝は、こちらより寒いだろうか？」

問いかけると、老宦官は肯定した。

「彼の地の春は、南海の風が上がってくる栄秋に比べて、半月ほど遅うございます」

「半月か。それでは春節が終わってしまうな」

「まさしく。さらに今年は、寒々しい山おろしが街に吹き荒れております故。居座る冬は払わねばなりませんぞ、主上」

翔央は足を止め、白染を振り返る。目が合う。

「相国の威光を示さねば……勘ぐられます」

叡明の存在を勘ぐられて利用されるぐらいなら、早い段階で見捨てろということだ。それを冷たいとは思わない。白染は双子の世話役として、長い時間を共にしてきた。いつだって自分たちに寄り添い、守ってくれた。立場の危うかった双子の世話役として、白染がどれだけ苦労してきたかを知っている。

彼は、あの頃からずっと宮城内にいる敵を明確に認識している。だから、この提案は、今は叡明を見捨てるように助言されているように思えても、翔央と叡明、どちらもが助かるための提案なのだろう。

選択しなければ、選択肢自体が消えていく。消えてしまう選択肢の中に、叡明を助けられるものがあるかもしれないのに。

動かねばならない。二人ともどうにもならなくなるその前に。

「そうだな。……少し一人にしてくれ、片割れほど頭は回らなくても、最悪に至らぬ手は考えたい」

翔央の言葉を受けて、白染がその場にとどまる。それを了承と受け取って、翔央は金烏宮の中庭へと廊下を曲がった。

春先のまだ冷たい雨に濡れて、中庭の植物は心なしか元気がないように思えた。この雨は、いま、叡明のいる地にも降り注いでいるのだろうか。

考えるだけでなく、決断せねばならないことがたくさんあった。叡明と冬来はもちろんのこと、ほかの人質のことだって考えねばならない。囚われている人々の中には威国の商人もいる。処理を誤れば、威国との和平は白紙に戻され、さらには攻め込まれる口実まで与えることになる。

「自国民を見殺しにされては、さすがの威公主も威国内の動きを止めることはできないだろうな。いや、それ以前に、彼女はすでに、自身の姉の居所を知っている。姉に何かあれば、俺たちだけでなく、相国自体も許しはしないだろう」

威公主と彼女がハルと呼ぶ黒太子《こくたいし》は、これまでかなり相国寄りの外交姿勢を示してくれていた。それは、なんといっても冬来の存在あってのことだ。一刻も早く、人質解放に向けて動く姿勢を見せねば、姉を見殺しにする気かと怒りを買うことになるかもしれない。威国の怒りは戦闘行為によってしめされるものだ。

「やはり、俺が決断しなければならないんだな」

白染の言葉で改めて気づかされた。完全に身動きが取れなくなってしまうその前に、なんとしても結論を出さなければならないのだ。国内の問題も、隣国との問題も時間が経つほどに選択肢は失われていく。

皇帝は、国民の命すべてに責任があると、先帝に言われた。いま、その相国民の命が乗せられているのは、叡明の肩でなく翔央の肩だ。身代わりだから、本来の玉座の持ち主ではないからなどという言い訳は通用しない。

「わかっている。……けど、決断するのは、本当に俺でいいのか。俺の考えが及ぶ範囲なんて、叡明からしたらなにも見えていないのと同じだろうに」

翔央の迷いはそこにある。自分がどれほど考え尽くしても、それは叡明の考えには遠く及ばないと。そんな自分の決断で、果たして相国民の運命を決めてしまっていいのかと。

翔央は佩玉を握りしめた。早朝の大気に冷たくなった石の感触を確かめる。その存在が自分を冷静にしてくれる。指先が慣れない感触に止まる。

「これは、蓮珠の……」

金剛石、蓮珠と交換した一粒の小さな石だった。

指先で透明で硬質な石を撫でる。そこに蓮珠の存在を感じ取って、口元がほころぶ。

「決まっていることは、ただ一つ。誰一人、見殺しになどしないということだけだ」

いつだってまっすぐに、自分にできることを全力でする。それが、たとえ自分の手に負えそうにない大きな存在であっても、『遠慮しない』のが陶蓮珠だ。

翔央にとって叡明の存在は大きい。彼の意見を聞くことなく大事を決めなければならいことに、どうしても躊躇する自分がいる。

それは、幼い頃に結んだ約束と積み重ねてきた役割によるところが大きいのだろう。

『君は力を、僕は知恵を磨き上げて強くなろう』と叡明が言ったから。

「いま、俺に与えられた役割は、玉座を預かる者だ。だったら、叡明ならば……でなく、迷っても悩んでも、俺自身が決断するべきだ」

呟き、見つめていた佩玉から顔を上げた時、東の空が白み始めていた。気づかぬうちに雨がやんでいたようだ。雨上がりの栄秋の街がつかの間の眠りから目覚めようとしていた。


朝、珍しくも蓮珠は宮付き女官の声に起こされる前に目を覚ました。だからといって、余裕があるわけではない。皇后の身支度は、常に人手と時間を必要とする。それは、今朝のように特に後宮の外に出る予定がなく、常服ですごす日であっても同じことだった。

「今日は朝堂に行くわけではありませんし、花簪《はなかんざし》の数ももっと少なくてよいのでは？」

女官たちが蓮珠の結い上げられた髪に五本目の髪飾りを選び始めたあたりで、蓮珠はそう声を掛けてみた。

「なにを仰《おお》せられます。我々としては、皇后として朝議にお出ましになる際には、もっと着飾っていただき、場に華を添えねばならないと思っておりますのに」

ほかの皇妃と異なり皇后の居所である玉兎宮の宮付きの女官にとって、戦場は後宮の中だけではない。皇后や宮妃には公務があり、後宮の外に出ることも多いからだ。

蓮珠の本職は役人なので、宮付き女官たちのそういったこだわりについていけないこともしばしばあったが、皇后の身代わり中の立場ではそう言えるわけもなく、蓮珠は女官たちの着せ替え人形であることに徹した。

「でも……着飾った人形に本日できることは中庭眺めてお茶を飲むことぐらいなのだけど」

皇后の朝の身支度を終えて、蓮珠は中庭に面した建物の軒下に置かれた石造りの円卓にお茶の用意を置き、円筒形の椅子に座していた。

「翔央様は、まだ朝議かしら……」

玉兎宮の中庭から南を見れば、金烏宮のさらに向こう側に朝堂奉極殿の屋根が見える。

昨晩、蓮珠は翔央と、これを最後の身代わりとすることを決めた。身代わりの人生でなく、自分の人生を歩むためであり、叡明と冬来が、もう城を出て危ない目に遭わないようにするためでもある。

「でも、それはお二人がお戻りになってこその話」

蓮珠は俯き、皇后のための豪華な衣装の上から、人には見えぬところに着けている佩玉に触れる。幾重の絹衣の下、佩玉の感触を確かめた。

「赤い翡翠……か」

翔央の佩玉を飾る石のひとつを思い出す。赤翡翠。今回その価値が判明した金剛石ほどではないが、充分に珍しく、あまり流通していない。

「翠玉も同じ石を佩玉に着けていると知ったら、どう思うかな」

怪しむだろう。とても希少な石だからというのもあるが、意味もなく国色でない赤の石を佩玉に結ぶことはないからだ。基本的に佩玉は身分を証明するものなので、組み紐の飾り結びで工夫を凝《こ》らすことはしても、玉の選定とその配置には、誰もが出自や後ろ盾に関わる意味を持たせている。

「これまでは、誰も翠玉と同じ石は持っていなかったから、母親が華国出身だからという説明で充分通用したんだけどな……」

蓮珠の母は、華国の元貴族朱《しゅ》家の出身で、双子の母朱妃《しゅひ》が相に嫁ぐ際その侍女として相に来た。なので、蓮珠も母系由来の赤い石を受け継いでいる。見た目には同じ血のように鮮やかで濃い赤だが、蓮珠のそれは珊瑚《さんご》を加工したものだった。

もし、翔央が翠玉の佩玉をよくよく見たら、きっと気が付く。自分と同じ赤翡翠だと。

もっとも、気づくのが翔央であれば、まだいい。彼は、すでに蓮珠の母が、自分の母親の侍女だった過去を知っている。　城を出ていく侍女に渡していたと解釈してくれるかもしれない。

それでも、どこから翠玉の佩玉に赤翡翠があると噂が流れるかわからない。それが巡り巡って、華国の玉座におわす人の耳に届いたなら……。

ゾクッとした。想像だけで、充分に怖い。

「隠しきらなきゃ。……それこそがわたしに課された役割なのだから」

渡してはならない、見つかってはならない。母がかつての主である朱妃から生まれたばかりの娘を託されたときの約束がそれだったと言っていた。

『逃げなさい。逃げきれなくなったら、都におわす御方に保護を求めなさい』

それが母の最期の言葉だった。そのあとは、家の床にあけられた子どもしか通れぬような小さな穴をぬけて、邑の外まで駆けた。

その急な事態にも、蓮珠の母は佩玉だけは持たせた。保護を求める事態になったとき、身分を証明するものが必要だからだ。

「すぐには駆けつけられる距離にないけど、どうか、翠玉をお守りください」

蓮珠は、翔央が同じ石を通じて叡明の無事を祈っていたのを真似て、金剛石にそう願った。出自と後ろ盾の証明である佩玉には、もとより、結ばれた玉を通じて、各時代を生き抜いてきた祖霊の加護が備わっていると言われている。金剛石はもらいものだが、蓮珠の父が佩玉に結んでくれたのだ、きっと願うことに意味はあるから。

「そして、翔央様のことも」

いまや、彼も同じ石でつながっている。だから、願った。

同じ石を分け合った者に、等しくご加護を……と。

翔央が決意とともに選択をするより前に、事態は大きく動いた。

「英芳《えいほう》兄上が帰京？」

朝堂に駆け込んできた者によれば、山の民によって西金を追われた避難民たちを伴っての帰京だという。西金の民と避難してきた県令が、近隣に封土を持つ英芳に保護を求め、それに応じたそうだ。その数、約五百。その人数の多さにより、西金を追われてからの移動に今日まで時間を費やしたのだという。なるほど、もっと少なければ船に分かれて乗るという手もあっただろうが、航路はどうしても金がかかる。五百人を移動させる船を用意するのは難しく、帰京に今まで時間がかかったのだろう。

約半年ぶりに弟帝の前に現れた英芳は、宮持ちでないことを示す無紋の絹を着ていた。衣服の型は礼服である玄端になっており、朝堂の場に配慮した格好に整えていた。さらには、誰に言われるでもなく、ほぼ最後方の場で叩頭した。これは、官位に従って前から並ぶ朝堂の規定に従ったということだ。

「主上、お許しいただかぬ身で御前を汚しますこと、大変申し訳ございません」

先帝の第二皇子にして、かつて鶯鳴宮《おうめいきゅう》を賜っていた英芳は、帝位簒奪を企てた罪により、皇位継承権を剥奪され、皇族としての権限のほとんどを失い、本来は栄秋に戻ること自体できないはずだ。

また、英芳といえば、先帝時代の終わりには立太子確実と言われていた人で、本人の振る舞いも常に周囲を下に見ているところがあった。

その英芳が、弟帝の前に自ら跪礼し、無許可の帰京を謝罪するとは、かつての彼を知る者としては、若干の戸惑いを覚える。

玉兎宮で考えごとをしていたところを朝堂に呼び出された蓮珠は、皇帝の玉座から一段低い場所に置かれた皇后の椅子より、英芳のすることを見ていた。

「主上に請う。今ある権限の許される範囲で彼らへの支援を行ないたい。……かまわないだろうか？」

あの英芳が、避難民の保護を求めて、弟帝に許可の前に叩頭している……。驚きすぎて、蓮珠は蓋頭の下で口が半開きになったままだ。

「都の商人を動かすのは、容易ではないと思われますが？」

翔央が皇帝として問いかけると、英芳は頭を上げる。

「都を本拠とするような商人たちとは、かつてはそれなりに親交があった。主上の口添えがあれば、協力をとりつけることもできます」

英芳の母孟妃《もうひ》の実家である孟家は、豪商から官吏を出して政治に入ってきた家だ。元々が商家との強固なつながりを持っている。

「我が身を考えれば、伯父上も朝議での発言はお控えになっていただろう。だが、主上にお許しをいただいたとなれば、伯父上としても動けるようになる」

どうやら豪商である伯父に便宜を図ってもらうつもりらしい。聞く限りでは、悪い話ではない。

「西金の人質を解放することはもちろん大事なことだが、家を失い、故郷を追い出された西金の民の不安を癒すのも為政者の役割だと思う。主上には、どうか民のためにこの英芳が動くことをお許しいただきたい」

英芳の提案は、この武装蜂起に関連して考えねばならないことが、人質の解放策や身代金についてだけではなく、突然家を追われた避難民たちの援助についてもだということを、朝議に参加する官吏たちに思い出させた。

「すでに都に五百もの民が入ったのです。すぐにでも対策を講じねばなりません」

最前列の古参官吏たちが言い出した。これにより、朝議は、人質解放の話から西金からの避難民支援の話へと移っていった。

時刻は正午過ぎ。ここからは日が傾くばかりだ。西金の街から逃げ延びた人たちの疲弊は激しいだろう。五百もの人々を受け入れる場を早急に確保しなければならない。元が英芳派だった面々は、久々に堂々と発言する場を得て、勢いづいた発言をする。

「寝る場所の確保では終わりません。彼らに食事を配らねばなりません」

一方で英芳派が力を取り戻すのは避けたいと思う派閥は、避難民の受け入れそのものに難色を示す。

「西金の解放に向けて話し合っているというのに、避難民に時間と金を割く余裕などあるわけがなかろうが！」

朝議に余裕がないのは事実ではある。だが、そのことと避難民に手を差し伸べないことは別の話だ。

「避難民の受け入れなど、わざわざ悩むことではないだろう。国民の保護は必要だ、至急受け入れ態勢を整えよ」

　避難民援助の是非という争点にする必要もない事案に沸く官吏たちに呆れながら、翔央は命じる。

「ご本人の申し出だ、英芳兄上にはご協力いただこう。……事態が落ち着くまで皇城内に滞在することを許す。鶯鳴宮はすでに取り壊し作業が始まっていて、お使いいただけない。客分として杏花殿《きょうかでん》を使われるがいい」

　杏花殿は、華公主榴花《りゅうか》と華国使節団が滞在していたように、本来は国外の賓客の滞在に使われる迎賓館だ。翔央が英芳に杏花殿の使用を告げた本意は、英芳の都への滞在はあくまでも一時的な許可でしかないことを示しているのだろう。

　その本意がわからぬ英芳であるはずがない。それでも、文句を口にすることなく、英芳は跪礼を正した。その姿に、蓮珠は漠然とした不安を感じた。

第三章

打草驚蛇

〔だそうきょうだ〕

協力を取り付けると言っただけあって、英芳は都入りの翌日には在京時代に懇意にしていた商人たちと会談を行ない、西金からの避難民を支援する約束を交わした。

砂金二袋とは違い、具体的な物資支援であり、商人たちとしても動きやすいという理由もある。また、西金が街道の街として、どの商人も一度は利用したことがある街だったため、一人は顔を知る者がいることも大きい。知人の窮状を救うために、というのが商人たちの動機付けとなっていた。

執務室で上がってくる報告を確認しながら、李洸が複雑な表情を浮かべた。

「結局のところ、距離感ですね。人質となっている威国商人や旅人は、商人たちにとって縁のない者たちですが、西金の街の人々とは多かれ少なかれ縁があるから助けたいと思う、という」

避難民支援に関する決裁書類に目を通す翔央が応じた。

「街が戻った暁には、顧客になってもらうこともできるしな……」

身代わりを知る者だけの場であるため、翔央の声は叡明を装わない、ぶっきらぼうな物言いになっていた。

「二人とも、若干怒っていませんか?」

署名まで終わった決裁済み書類を担当部署に戻すための仕分けをしながら、蓮珠は問いかけてみた。

「怒っているというより、悔しいな」

「主上もですか。小官も同じにございます」

翔央ばかりか、李洸まで珍しく素直にそれを口にした。

「ご即位から二年半、けっして商人らを蔑《ないがし》ろにしてきたわけではありません。支援こそ国の懐事情的にできませんでしたが、彼らの活動を邪魔しないように、我らなりに配慮してきたつもりです」

李洸としては、英芳の声掛けにすぐに商人たちが応じたことが納得いかないようだ。

「今上帝には政治的後ろ盾になる派閥もなければ、経済的後ろ盾になる商人との人脈もない。そのことを目に見える形で示してしまったようなものだ」

翔央がますます眉を寄せる。

「……これは、英芳様の意図したことなのでしょうか？」

蓮珠は疑問を翔央たちにぶつけてみる。二人は、顔を見合わせると、少し考えてから答えを返した。

「どうだろうな。英芳兄上の策にしては、少々うまく出来すぎている感もある」

「小官も同じにございます」

李洸は、先ほどと同じ言葉で、同意を示した。

「なかなか厳しい評価ですね。でも、わたしはお二人とは逆に、英芳様のご様子には不安を感じました。……ただ、わたしの場合、あの方に対する恐怖をどうしても拭えないので、ほかの方々とは違って公平な目では見られていないわけですが」

蓮珠は記憶に巣くう英芳への恐ろしさを振り払うように、努めて明るい声で言った。

初めて威妃の身代わりを務めたとき、長らく自他ともに認める有力な立太子候補として生きてきた英芳は、まだ帝位をあきらめてはいなかった。そして、叡明が皇帝になったにもかかわらず、皇帝即位の条件だった『威国から嫁いでくる者を娶《めと》る』を実現するために、威妃を力ずくで自分のものにし、帝位を弟から奪うつもりでいたのだ。

そのとき実際に襲われたのが、身代わりであった蓮珠である。翔央が助けに来てくれたおかげで未遂となったが、あの時の恐怖や嫌悪感は、いまも消えていない。

「お前が兄上を直接目にすることになってしまい、すまない。まさか、本人自ら朝堂に出向くとは思わなかった。てっきり、代理を立てるものと思い、玉兎宮に声を掛けたんだが」

翔央は、すぐに謝罪を述べて、深く頭を下げた。

「だ、ダメですよ。執務室で皇帝が皇后に頭を下げていたなんて、誰かに見られたらどう言われるか……」

蓮珠は、慌てて翔央に駆け寄り、さらに跪《ひざまず》こうとしているのを止めた。

「主上のなさることではありません、おやめください！」

翔央の袖を引っ張ったところで、李洸が低く抑えた声で違和感を訴える。

「小官も意外でした。あの英芳様が、無紋の絹をまとった姿で公の場に現れるとは思っていなかったので」

李洸の言葉には、その場にいた誰もが同意した。皇位継承権を失ったが、かろうじて皇族の身分にはとどまっている。しかし、宮を持たない身となった彼は鳥紋の入った絹を身にまとうことはできない。そういう姿を人に見せたがらないだろう人だから、報告は部下にでもさせて済ませるのではないかと思われたのだ。

「俺はあの場の違和感というより、今回行なわれていること全体への違和感があるな」

翔央は手にしていた決裁書類を衝立の向こうの翠玉に手渡すと、署名を待つ間に自身の違和感について説明した。

「それなりの時間、英芳兄上と兄弟をやってきた。すべてとは言わないが、多少はあの人を知っているつもりだ。……あの人は、実は身内に甘い。こんなふうに、弟帝相手に完全につぶす計画を立てるなんて、あの人らしくない」

「身内に甘いんですか？」

むしろ、そこに違和感があるとばかりに李洸が首を傾げた。

「ああ。秀敬《しゅうけい》兄上を廃することなく、すでに母后を亡くした俺たち双子をそのままにしておいて、生まれてくる明賢《めいけん》を小紅《しょうこう》様ごと消してしまうこともなかった」

たしかに、帝位を奪おうとしたときも、その矛先《ほこさき》は弟帝である叡明ではなく、威妃に向かった。

翠玉から署名済み書類を受け取った翔央は、それを確認しながら続けて皮肉を口にする。

「皇太子になるのは自分、そう思っていたあの人は、自身でなにもしなかったし、自分の身近な者たちにもなにもさせなかった。……しておけば、こんな状況にはならなかっただろうに、な」

「主上……。お言葉が過ぎますよ」

李洸に言われて、翔央は椅子に腰かけ直し、咳《せき》払いをした。

「すまん、忘れてくれ。……甘いのは俺だな。気を引き締める。俺がこんなふうに弱気になってたんじゃ、いつか、叡明と俺のことがバレる日が来るかもしれない。それでも、いまバレるのは最悪だ。叡明が帰るまで、隠し通す」

翔央は署名済みの決裁書類を仕分けのため蓮珠に差し出すとき、視線を合わせた。

「最後まで完璧に。そういう約束だからな」

蓮珠はこれに頷き、書類を受け取った。

「もし、今回の騒動が兄上の考えでなく、あの英芳兄上を担ぎ出してきた誰かがいるならば、なにか目的があるはずだ。李洸、どう考える？」

「いまはなんとも。なにせ判断するための情報が少なすぎます。でも、そうですね……英芳様は、相国の純血統であるという見方は、宮城内に少なからずございます」

李洸が示す黒幕候補に、翔央が片眉を上げる。

「国粋主義者どもか。あの派閥は、筆頭だった呉《ご》氏も余《よ》氏も政治の一線を退いて、かつての勢いを失って久しいが？」

「今回の罠が、相国を内側から瓦解させようとしているのなら、ありえない話ではないでしょう。華国派と威国派が倒れてくれれば、順番が巡ってくるわけですから」

先日の華国との同盟更新に関わる件で、華国派も少々勢いを削られている。

「しかし、こちらもなにかしら動く必要がありますね。あちらばかりに華々しく活躍されては、立場がありません」

李洸が手元の決裁書類を睨みながら言う。こちらも……という言葉で、蓮珠は小さく挙手した。

「あの、そのことでひとつ提案がありまして……」

執務室中の視線が蓮珠に注がれる。衝立の向こう側からも視線を感じる。

朝議などで発言する機会もない官位である、提案に対して注目されることがない蓮珠は、多少緊張しつつ、考えたことを口にしてみた。

「……というのは、いかがでしょうか？」

ひと通りの説明に、まず賛同を示してくれたのが翔央だった。

「なるほど。『後宮』は確かに商人とのつながりがある。それも当代に限らない、かなり昔からのつながりだな」

「避難民支援は皇后が、西金の人質解放は皇帝が……という見せ方も可能ですね、良い案だと思います」

翔央に続き、李洸も賛同してくれた。

「……では、後宮内の根回しは、わたくしのほうでしておきますね」

蓮珠は、威皇后として、そう行動開始を宣言する。

まずは後宮の皇妃たちに根回しすることからだ。蓮珠は役人感覚として、物事をうまく進めるのには、これが一番大事だと知っていた。

後宮とは皇后を頂点とする皇妃たちの機構である。その存在価値の第一義は、皇帝の世継ぎを生み育てることにある。その次に上がるのが、裏の朝議としての役割だった。

七十二候に合わせて行なわれる皇后主催の後宮お茶会は、後宮内の秩序の確認の場であり、皇后から皇妃たちへの通達が行なわれる場でもある。

お茶会は、後宮北にある大庭園玉花園《ぎょくかえん》にある嘉徳殿《かとくでん》で行なわれる。会場の最奥に皇后、その前には二列に分かれて皇妃たちが椅子に座っている。皇后に近いほど妃嬪《ひひん》としての地位が高いのも、朝議のような配列だ。

立春の次候を迎えたこの日、新年最初のお茶会に相応《ふさわ》しい挨拶を終えると、蓮珠は後宮の大姉《だいし》として、皇妃たちに話しかけた。

「皆さんもご存じのとおり、西金の民が栄秋に逃げ延びてまいりました。わたくしは、相国の民である彼らを支援したいと考えております」

皇后の言葉に、皇妃たちの視線が集中する。それらを蓋頭越しに受け止めて、蓮珠は口元に笑みを作る。

「この後宮にはかねてより懇意にしている商人たちがおりますでしょう？　避難民に必要なものを商品として彼らから買って、避難民に使っていただくのです」

皇妃たちの反応は悪くない。基本的に外とのつながりを断たれている後宮では、どんな形であれ、外の世界に関われることに心惹かれるものだ。

「もう一つ提案なのですが、今期に主上からいただく絹織りの衣を一枚減らして、簡素でも暖かな綿衣を数多く仕立ててもらうというのは、どうでしょうか？」

周妃《しゅうひ》が優雅に絹団扇《きぬうちわ》を手に頷く。

「大姉様に賛同いたします。春節を迎えたといっても、まだ寒い日もございます。家を失った西金の民も喜ばれるでしょう」

許妃《きょひ》は茶器を片手に提案してきた。

「大姉様、春節に伴ういくつかの行事を延期にしているので、それらのために用意していたもので使えるものがあれば、お渡ししてはどうでしょう？」

妃位の二人が積極的に同意を示せば、後宮での存在感を気にする高位の皇妃たちも提案をしてくる。

「お任せください。太祖の御代よりお仕えする胡家《こけ》ですから、このような事態への対処も心得ております。さっそく実家に使いを出しましょう」

胡淑儀《こしゅくぎ》がにこやかにそう言えば、楊昭儀《ようしょうぎ》が対抗意識むき出しで言う。

「我が楊家は九興家《きゅうこうけ》に数えられる商家でございます。出入り商人を頼る必要はございません。直接西金の民に支援を行ないますわ」

楊家は、ただの商家ではない。豪商の類《たぐい》だ。頼りになりそうで助かる。

蓮珠は、我も我もと発言する皇妃たちを片手で制した。

「順にお聞きしますわ。どなたがどのようなご提案をしてくださったのか、ちゃんと覚えないと。もちろん、今日お聞きしたお話は、主上にご報告させていただきますね」

皇后には、主上のお渡りに妃嬪の推薦を行なう権限がある。だから、皇后を通じて皇帝に名前を憶えてもらうことは、いつか主上のお渡りにつながる可能性もあり、多くの皇妃にとって、これはとても気合の入る話だ。もっとも、蓮珠がその権限を行使することはないわけだが。

後宮はいろんな派閥の集合体で、それぞれに実家が懇意にしている商家がある。後宮に出入りできるのは、ごく一部の厳しい審査を通った商家のみとなるが、それはそれで支援物資調達という重大事であっても信頼がおける。

ただ、朝議に派閥があるように、商家にも派閥があり、それぞれに気合の入った支援をされると競り合って暴走する可能性もある。

「多くの提案をいただきましたが、どこに何を送るかを考えねばなりませんね。……では、こうしましょう。それぞれに実家から届く物資は一旦部署間の調整を行なうという主上の直轄部署である行部に託しましょう。部署にて調整いただき都内の何か所かに分かれて避難生活をしているという西金の民に届けてもらうことにいたしましょう」

張折に一筆送っておいてよかった。蓮珠はそんな内心の安堵が声に出ないように気をつけながら、皇妃たちへの感謝を改めて口にした。

「民のために動いてくださる心優しき妹たちのことを嬉しく思います」

「さすが皇后様です。取りまとめをご用意いただければ、我々にとっても、我々の実家にとっても手間が少なくて済みますね。その上で、必要な場所に必要なものが届くとあれば、西金の民もおおいに助かるというものです」

許妃が力強く言ってくれた。武門の出身である彼女は、おそらく物資の補給路のことなどを思い浮かべながら言っているのだろう。

蓮珠も似たようなものだ。今回の物資の動きは、下級官吏時代には水害難民の対応を行なった経験によるところが多い。また必要なものは何かという部分には、自身が戦争難民であったためわかっている。着の身着のまま、故郷から遠い地にくるということを知っている。

「ええ、さすが皇后様です。わたしも行部の方に実家からの支援のことでお話しさせていただきますわ」

ここで、長く黙って聞いていた飛燕宮妃《ひえんきゅうひ》が、微笑んで提案してきた。

「飛燕宮妃様のご実家……ですか？」

「ええ。ご存じのとおり、呉家は都を追われた身なのですが、都にあった屋敷の土地がございますの。呉家と関連する家の土地もございましてよ。飛燕宮に入り、わたくしが使うこともなく、遊ばせている土地です。西金の民に使っていただこうと思いまして」

飛燕宮妃は軽やかに言うが、皇帝夫妻殺害未遂の咎《とが》で罰せられた呉家の土地についての提案に、場が静まりかえる。しかし、提案自体は非常にありがたい。場の雰囲気を盛り上げるため、蓮珠は声にせいいっぱいの喜びを込めた。

「まあ、それは有効利用ですね。西金の民も細かに分けられては不安が増すもの。大きな土地であれば、家族で過ごすこともできるでしょう。飛燕宮妃様の慈悲深い申し出に感謝いたしますわ」

飛燕宮妃である呉《ご》淑香《しゅくか》は、蓮珠の身代わりの件を知っている。皇后に扮する蓮珠の後押しとして、話題に出せば嫌な思いをするかもしれない実家の土地を避難民支援のために提供すると申し出てくれたのだろう。

官吏として駆け出しのころ、水害の避難民をどこで受け入れるかにもめたことがあった。人は物ではないので、箱に詰めて積み重ねておくことなんてできない。加えて言えば、ずっと立たせているわけにもいかない。横になって寝ることができるだけの場所が、人数分必要になる。この一国の都には手狭な栄秋で、どこにそれを確保するのかが大きな問題となった。

そのときの反省を覚えていた蓮珠は、翔央と李洸の賛同を得て、飛燕宮妃には事前に避難民支援の話について声を掛けておいたのだ。聡明な彼女はすぐに蓮珠の意をくんでくれた。

やはり物事の進行には、根回しと段取りが大事だと、蓮珠は改めてそう思う。

「それでは、わたくしからのお話は終わりますね。皆様からは、なにかありますか？」

皇后は一方的な話をするわけではない。お茶会の重要性はここからだ。後宮で起きていることを細かに知っておくこと。それは、一歩間違えば、容易《たやす》く瓦解する女たちの園を正常に機能させるためにとても大切なことだ。

「……あの、皇后様。ひとつ、よろしいでしょうか？」

末席のほうから、消え入りそうに緊張した声がする。

「よろしいですよ、崔才人《さいさいじん》」

「実は、わたくしの侍女から聞いた話なのですが……」

続く言葉に、集まっていた皇妃たちが息を飲んだ。

「……わかりました。その件は、わたくしが預かりましょう。みなさん、後宮の外には、もらさぬようにお願いしますね」

皇后のすごみを声に含ませて、蓮珠は言った。こういうとき、この偽りにも慣れたものだと、そう思う。


別の日、蓮珠は小規模なお茶会を開いた。話題となるのは、先日、崔才人が侍女から聞いたという例の話である。

杏花殿は東園と呼ばれる皇城の東端にある庭園内に建てられた迎賓館だ。東園は、元々は威に嫁がれた蟠桃《ばんとう》公主の宮があった場所を庭園にしたものである。外観こそ建てた当時に流行っていた質素な造りだが、国賓を迎える前提なので、中は今時のお客様を迎えるにふさわしく、国の威信をかけた豪華な調度品の数々が並んでいる。

そこに滞在することになった英芳と余氏の元へ、杏花殿入りの当日から商人たちが通ってきているという。

英芳と余氏が、自身の伝手《つて》で商人から物資を調達し、行部を経由することなく避難民に配布しているとのことだった。

それればかりか、西金占領と街道閉鎖の影響を受けて困窮しているだろう現地周辺の民にも支援物資を送っているのだという。物資が入り次第出発させているため、連日都から西金付近へと荷を積んだ運送部隊が出ていた。

後宮からの支援物資も行部を通じて確実に西金の民の元へ届いていることは、行部からの連絡でわかっているが、それでも若干出遅れている感覚はある。

皇帝の要請を断った商人たちが、杏花殿にいる彼らに協力するのは、どんな「利」があるからだろう。

「……都入り三日にして、お見事ですね」

皇后として、蓮珠はお茶会の席で英芳たちを称賛した。

本日の参加者は、飛燕宮妃と妃位に就く周妃と許妃の二人だった。後宮が動き出して二日、行部を通じて上がってきた第一回物資配布の状況報告と、その際に避難民から聞き取りした必需品の情報を共有するためだった。

「民が苦しむことなく、都で時を待てるならそれでいいでしょう」

蓮珠は皇后としての言葉を口にしてから、ふと思い出す。最初の身代わりの時、この顔ぶれでお茶をした。だが、この四人で集まっていることを聞きつけた余氏が現れたことがあった、と。

その時のことを思い出した途端、蓮珠は背を正した。正確には寒気がして、思わず背がビクッとなったのだ。

「どうなさいましたの、皇后様？」

良く周囲の人を見ている周妃が、蓮珠の動きに首を傾げる。

どう答えようと考えたところに、皇后付きの侍女である紅玉《こうぎょく》が近づいてきて耳打ちした。

「もうしあげます、余氏様がいらしておりますが、いかがなさいますか？」

前回とは違う。威妃は威皇后になった。そのお茶会に、都を追われた者が闖入《ちんにゅう》できるわけがない。受け入れるか否かの決定権は、皇后の側にある。

「そうですか。……崔才人が茶会で言っていたように、余氏様は後宮側に自由に出入りしているようですね」

蓮珠が言って三人の顔を見ると、それぞれに渋い顔をしていた。杏花殿の客人が、誰が許可したわけでもないのに後宮に出入りしている。それは、後宮を管理する皇后を軽んじる行為だからだ。だが、余氏は今上帝の兄の妃である。義姉をきちんと敬う姿勢を見せるのも、皇后が後宮の頂点にある者としての求められるものだった。

「余氏様の席を用意なさい。あちらの支援策についてお伺いする、ちょうどよい機会と思いましょう」

紅玉がさがってしばらくすると、部屋の出入り口に二人の女性がやってきて跪礼する。

余氏とその侍女のようだ。

余氏の衣装は、艶やかな白絹に薄紫の刺繍《ししゅう》が入った美しい織物で、都を追われても変わらぬ金銭的余裕を感じさせた。だが、袖にも衣にも花も鳥の絵も入っていない。花紋は皇妃に、鳥紋は宮妃にだけ許されたものだからだ。あたりまえなのだが、こうして目の前に立たれると、改めて皇城を出た人なのだという実感が湧く。

「お久しぶりにございます、余氏様」

継承権を失った英芳の妃である余氏は、以前のように宮妃たちから『お義姉様』と呼ばれる立場にない。それでも、一応の敬意は含ませて、声を掛けた。

余氏には最初の身代わりの時に、市井の男を使って襲われるというとんでもない目に遭わされているが、生家から皇太后になることを強く望まれ、すさまじい圧力を受けていたであろう彼女の生い立ちを思えば、蓮珠には同情の気持ちこそあれ、憎しみはない。

「庭園を眺めておりましたら、こちらで貴女《あなた》方が集まっていらっしゃるとのことでしたので、ご挨拶だけさせていただこうと思いましたの」

余氏のほうも、どこか威皇后に対して謝罪と後ろめたさの思いを抱えているように見えた。これなら今回は穏やかなお茶会になるだろうか。蓮珠は、こういうのを茶番というのだと思いつつも、一応は現状の立ち位置を理解しているのだろう、挨拶だけでその場を去ろうとする余氏を引き留めた。

「お席を用意させました。ご一緒にお茶を楽しみませんか？」

「皇后様が、お茶を……。畏まりました。ご一緒させていただきます」

幾分緊張されているようだが、断ることなく、お茶の席に加わった余氏に、蓮珠たちはさっそく杏花殿で取り仕切っている避難民支援策について話を聞いた。

「皇后様が、我が国に嫁がれてわずか半年ほどではありませんか。長年懇意にしている商人がいらっしゃらないのは無理からぬこと。後宮の皆様に援助要請の旗振りをするだけでもご立派ですわ」

余氏の言葉は、若干嫌味に聞こえなくもない。蓮珠は、これといった反応を示さずに、ただ微笑んで見せた。

「ですが、後宮に出入りできる商人は限られておりますから、西金の民が求めるものを与えることができないのではないかと思いまして、皇后様にわたくしが懇意にしている商人たちをご紹介できれば……」

表面的には、有力な商家と縁を結ぶ好機なのだろうが、威皇后の立場としては、おいそれと飛びつくことはできない。

余氏の紹介ということは、世間的には、英芳の紹介とほとんど同義である。皇后がそれを受け入れれば、皇帝が英芳との協力関係を受け入れたと受け止められることになるのだ。

皇妃をその実家の派閥の代表と考えて接しなければならないように、皇后は皇帝の代理であり、宮妃は夫である宮の代理となる。英芳が宮の身分を失っている今に至っても、余氏はあくまでも英芳の代理としてこの場に居ると考えなければならない。

皇帝が英芳との協力関係を結んだなどという話が人口に膾炙《かいしゃ》すれば、英芳派の中には彼の宮への復帰などという期待を持つ者も出てくる。

さて、これはどう断ろうか。蓮珠が頭を高速回転させていると、またもや紅玉が耳打ちしてきた。

「何度もすみません……それが……明賢《めいけん》様がいらしております」

千客万来か。蓮珠は、こんな後宮の奥までなにごとだろうか、と考えてから、明賢を迎える用意を侍女たちに頼んだ。

すると、廊下を走ってくる音がして、出入り口の扉から子どもが一人顔を覗かせた。

「姉上様方がそろっていらっしゃる席にお邪魔して申し訳ございません。……と言っても、僕は単なる付き添いなんです。母上が大至急で皇后様とお話ししたいというので」

今上帝の末弟、雲鶴宮《うんかくきゅう》の明賢だった。先日八歳になったばかりのあどけない顔で申し訳なさそうに眉を下げている表情は、小動物的だ。

「小紅《しょうこう》様が、ですか……？」

蓮珠は、明賢の分だけでなく小紅のお茶も用意するように言うため、椅子を立つ。皇后だけが椅子を立つということはなく、その場に居た四人も椅子から腰を浮かせる。

「押しかけたのは、こちらですもの、堅苦しくなさらなくていいのですよ」

入ってきたのは、黒衣に銀糸で雲鶴の文様の入った衣装を着た女性だった。年齢は蓮珠と同じと聞いていたが、表情に少し幼さがある。その幼さのせいで、いっそう『似ている』という印象を蓮珠は受けた。

「ようこそいらしてくださいました、小紅様」

先帝の最後の妃にして、末子明賢を生んだ華国出身の女性だ。寵妃であった朱妃を亡くした先帝は長く失意の底にあったが、朱妃によく似ているという噂を聞いて、先帝がかなり強引に華から妃として迎え入れた。

蓮珠が直接顔を合わせるのは、これが初めてだった。すでに当代の皇妃ではない小紅は、明賢が幼いために皇城に残っているが、本来は皇城を出て上皇宮にいるべき人であり、政治の表舞台に立つことのない隠居の身だからだ。

「威皇后にご紹介したい方々がおりますの。少しお時間よろしいかしら」

表舞台どころか、そもそも皇城から出ることもない人なのだが、いろいろな人と会って話すのが好きらしく、後宮の妃嬪ともよくお茶会をしているらしい。そこでは、栄秋の街から楽師や劇団を招き技芸を楽しんだり、商人に珍しい物を持ってこさせたりもするそうだ。先日の華国との同盟の件では、そこを狙われて、華国の商人から相国の情報源として利用されたため、当面華国の商人と会わないように皇帝から注意を受けているはずだが、紹介したい人とは……と思っていると、懇意にしている西堺《せいかい》商人たちが新年の挨拶に栄秋まで来ているので威皇后と会わせたい、という話だった。

西堺は栄秋の東南にあり、白龍河の河口、南海に直接船で出られる位置にある。貿易に力を入れていた先帝がさまざまな特権を与えて、ここ十数年で貿易港として急成長を遂げた新興都市だった。

「この機会に顔合わせしておくのは、貴女にとって悪くないことだと思うのです」

小紅の言うとおりだ。皇城に新年の挨拶に来たくらいだから、来ているのは商家の主やそれに次ぐ地位のある者だろう。余氏に指摘された、懇意にしている商人がいない状態を解決できるかもしれない。なにより、余氏の申し出を断るいい口実になる。栄秋を本拠とする古くからの商家は、西堺の商人を新参者として軽く見ているところがあり、『栄秋商人』と『西堺商人』と分けて呼ぶほど、仲が悪いからだ。

「あら、明賢様を差し置いてよろしいですの？」

さっそく余氏が咎めるような声で小紅に問う。

「明々は、まだ子どもですもの。商人相手の交渉の場では侮られてしまうでしょう。……なにより、同じく他国から嫁いだ身、力になりたいわ。あとは、これまでの様子をうかがって、事務的な処理がとても得意そうに思えたからかしら」

息子を幼名で呼んで微笑む小紅に蓮珠は少しドキッとした。身代わりに気づいて言っているのか微妙な微笑みを浮かべていたからだ。

「お、お言葉に甘えさせていただきます。……ですが、いずれ明賢様にとっても、大事なつながりでございましょうから、ぜひ、明賢様にもご同席いただき、連名にて西金の民への支援を行なっていきたいと考えますが、いかがでしょうか？」

この場にいる明賢への遠慮もあるが、それ以上に一回きりの仲介に終わらず、皇后と雲鶴宮の間には今後も交流を続けたいと考えていることを示したかった。

「まあ、明々のことも考えてくれるのね、嬉しいわ」

小紅の了承ととれる返事に、蓮珠は内心で『よっしゃー！』と叫んでいた。これは、とても重要なことだ。威皇后にとって国内の後ろ盾となる存在ができたのだ。

「……同じく外からいらした妃には、甘いのですね」

余氏の言葉に、明賢が反応した。

「母上を平等ではないように言うのは、やめていただきたい。すでに懇意にしている商人

があった地に行ったものの、街道が使えず、都に戻ってこられなくなっている』というものだ。まさに、いまこの時だから使える不在理由だった。実際、春節を利用して地方の実家に帰った官吏の何人かは、都に戻るに戻れず困っているそうなので、信憑性も高い。

だが、それは表の――朝議や行部向けの話であって、後宮から出ない皇妃たちには関わりないところだ。西金の民への支援には協力してもらっていることだし、少しの娯楽は必要だろう。考えはすぐにまとまった。

「わかりました。避難民の支援の件で行部の者と話をするので、わたくしから頼んでみましょう」

蓮珠が引き受ける旨を口にすると、妃嬪たちは大喜びで帰っていった。

あれほど楽しみにしているのだから、ここは蓮珠自ら選びに行かねばなるまい。別に外に出たくなったから、ちょうどいいとばかりに引き受けたわけではない……つもりだったのだが、外出の許可をもらいに行った皇帝執務室で、なぜか李洸から嫌味を言われることになった。

「なるほど、それで外出の許可を得ようとこちらにいらしたわけですね。皇妃様方の不満解消のためにまで働いていただけるとは、官吏の鑑《かがみ》でございますね」

「蓮珠、聞き流してやってくれ。……李洸は、第一報で白鷺宮に飛び込んできてから今日に至るまで、自宅に戻ってないんだ。俺には金烏宮も白鷺宮もあるが、李洸はこの部屋と内閣府のある武鷹殿《ぶおうでん》の行き来しかしてない」

それはきつい。翔央としても休ませたいところだが、各所に李洸の部下を派遣しているため、肝心の執務室の人手が足りていないのだという。たしかに、皇帝執務室は、いつもより人が少ない。

「……申し訳ございません。陶蓮殿とて後宮詰めでしたね。そろそろ西金を見に行かせた者からの報告が入るはずです。ここで気を抜くわけにはいきません」

范言から得た情報を参考にして、西金への最短経路である航路は使わなかったため、片道で三日かかるという。現地での調査にかかる時間を考慮すると、最低でも一週間かかる。

「国内の情報がもっと早く手に入る方法があるといいですよね。……范家はどのように情報を都に届けているのでしょうか？」

蓮珠の疑問に、翔央が応じた。

「調べさせたところ、平常時から各地の情報が行商人によって都に運ばれてくるようになっていた。どこかでなにかあってから向かわせるわけではないから、情報は絶え間なく范家に届けられる仕組みだ。行商人が拾ってくる玉石混交の膨大な情報を処理する能力が范家の才能というところだな」

貿易都市でもある栄秋に出入りする行商人のほとんどが、范家の行商人組合に属している。情報量はたしかに膨大だろう。

「我々で同じことを実現しようとすると、国内を定期的に巡回する人員が必要になるわけですから、現実的ではないですね。役人は行商人ほど多くありません」

李洸の言うとおりだ。国から俸給の出る官吏は国全体で五千人ほどしかいない。相国は官僚主義国家だが、同時に官僚になるのも非常に厳しく、その数は多くない。正確には、多くの官吏を抱えられるほどの金銭的余裕が、数年前まで戦争で消耗していた国にはなかっただけなのだが。

「常に情報が運ばれてくる……ですか」

それが実現できたら、若き天才で知られる李洸のことだ、范家にも負けないほどの情報を処理してくれるだろう。だが、肝心の人員がいないのでは、どうにもならない。

それ以前に、最近どこかでこの言葉を聞いた気がする。だが、『最近』の対象となる期間に、あまりに色々なことが起きすぎていて、細かい記憶がやや不鮮明だった。

「そう難しい顔をするな、蓮珠。なにもかもは一気に解決できない。さしあたり、本を買いに行くついでに下町の様子を見てきてくれないか？」

翔央に言われて、蓮珠は首を傾げた。本屋街があるのは、東の市で、下町のある栄秋の南のほうとはだいぶ離れている。

「俺が言うのもなんだが、蓮珠も相当疲れた顔をしている。息抜きを兼ねて栄秋の民が今回の件をどう評しているか聞いてきてくれ。下町には知り合いも多いだろう？」

「なるほど、そういうことでしたら行ってまいります」

蓮珠が返すと、翔央は肩に力が入りすぎだと笑った。

「そうですよ、陶蓮殿。下町の人々の中には、あなたが官吏だと知っている人も多いんですから肩に力が入っていると警戒されてしまいますよ。そう……そういう問題もあるんですよね。情報を集めるにしても、官吏が集めるのと行商人が集めるのでは、内容が違ってしまう。官吏は官吏であるだけで、民の本音の声が聞こえにくくなりますから」

どうやら、李洸の思考は、先ほどの情報収集方法に囚われたままらしい。

「そうだな。官吏向けの言葉でなく、街の実情が知りたい。元々広くもない街に五百人を受け入れた栄秋だ、どこかで民同士の衝突が起きていてもおかしくない。役人が動くほどではないかもしれないが、治安への影響は少なくないだろう」

避難民の受け入れの難しさは、そこにある。

あったものを突如失った彼らの目に、都の人々はあまりにも整った暮らしをしているように映る。都の人々の生活もピンキリなのだが、複雑な想いは芽生える。必要最低限の物資は支援している。だが人は、それだけで満たされるわけではない。

一方で、自身の生活のために日々働く栄秋の人々からすると、なにもしないのに生活に必要なものを与えられている避難民の存在に不満を感じる。そういう者がいなくもない。特に下町は、そもそも戦争で故郷を失い都まで逃げてきた過去を持つ者が多い。蓮珠もその一人だ。

なお、都まで逃げてきた戦争難民が、国の支援を受けたことはなかった。都にたどり着けた時点で、健康な身体と旅費があったとみなされ、栄秋に居てもいいが、どう生活するかは、自分で決めろ……という方針だったのだ。蓮珠と翠玉は、都に来た当時未成年だったため、福田院で面倒を見てもらった。

先帝は、学問と芸術の人だったので、福田院の子どもたちにも、読み書きに必要な本、紙、筆を与えてくれた。もっとも、福田院の教師たちは、子どもには食料と衣服のほうが必要なんだが……とよく愚痴《ぐち》っていた。そんな彼らもそれらを運んでくる官吏の前では恭しく受け取るのである。まさしく、李洸のいう官吏に見えない本音というものだ。

「お任せください。下町は第二の故郷、正直玉兎宮にいるよりもよっぽど自然に見えること間違いなしです。官吏っぽさのかけらも出さずに様子を見てまいりますから」

蓮珠は自信たっぷりに言った。皇后の身代わりが、それ言っちゃダメだろう……と二人が思って返事をできないでいることなど、気づきもせずに。

本屋と下町では、前者のほうが宮城に近い。本を持って下町に向かうのは荷物が重いだけと考え、蓮珠は福田院へのお土産《みやげ》用の本以外は、一旦自宅に送るよう手配して、本屋を後にした。

呉家所有なのだから当たり前なのだが、呉家が避難民に提供した土地は、周辺も高級官僚たちが屋敷を構える地区だった。

上流の暮らしをしている人々の真ん中に、着のみ着のままで都にやってきた避難民が入っていったのだ、不和は生じる。窃盗《せっとう》や略奪で失ったものを取り戻そうと考える者も少なからずいる……というのが蓮珠の考えだったが、近くの茶屋に入って、周囲の会話を聞いてみても、避難民の話題はあまり出てこなかった。

おかしな話だ。新たに入ってきた人々は、良くも悪くも目立つ。政治に興味があろうとなかろうと、自分たちの土地に入ってきた人々への関心ぐらいはあるはずなのに、まったく話題にされないというのは、ちょっと引っかかる。

少し考えてから茶屋を出た蓮珠は、避難民たちのいる呉家の屋敷跡へと向かった。門に立っていた警備の者に官吏の身分を明らかにして、様子を聞いてみることにした。このあたり、官吏であることを明らかにするほうが話を聞ける場合もあるのだ。

「は、はい。こちらのお屋敷に入った人々は、老人や子どもが多く、よく街のほうに遊びに出ていますよ。先日は勾欄《こうらん》（劇場）を観に行ったそうで」

「……そうですか」

警備の者の言葉に蓮珠は頷きながらも、首をひねった。

「五百人の避難民がいたのですから、何か所かに分かれるのは当然ですが、ここに老人と子どもが多いということは、年齢層で分けたんですか？」

蓮珠は、てっきり家族単位で分けられているのだと思っていた。

「さあ、自分の担当はこの屋敷なので、ここのことしかわかりません。あ、でも、ここに彼らを連れてきたのは、西金の官吏の方だったはずですから、なにか理由があるんだと思いますよ」

西金の官吏。蓮珠は彼らの話を聞こうとしたが、当然といえば当然のことで、ここには居なかった。だが、記憶にある限り——このところ忙しすぎてあいまいな部分もあるとはいえ——行部から避難民の物資は各所に等分に配されているはずだった。そこに年齢層による偏りは考慮されていなかったはずである。

「すみません、避難民の方から直接お話を伺うことは可能でしょうか？」

警備の者は、もちろんですと言うと、ここの避難民のまとめ役をしているという老人を連れてきてくれた。

「皆様に提供する物資の手配を担当しております官吏です。なにかお困りのことはございませんか？」

『お困りのこと』という言葉は、とても便利だ。物資に限らず、不満点を聞き出せるのだから。

「ありがたくも、県令様のおかげで恙《つつが》なく過ごさせていただいております」

県令に感謝……？　その言葉に、蓮珠はしばし呆然とした。

「このように春節時期の都へ街の民をお連れいただけるとは、本当に感謝しております。ただ……できるなら、西金の春節が終わる前に戻りたいのです。都の春節は、老骨の身には、少々華やかすぎまして」

「そ、そうですね。同じ春節でも地域ごとに微妙に違いますよね」

どうやら老人は蓮珠のことを県の官吏だと勘違いしているらしい。

官服を着ていないときで良かった。蓮珠が官服を着ていたら、一目で県の官吏でないことがバレていただろう。

それにしても、妙だ。「春節が終わる前に戻りたい」などと、まるでこれが故郷を襲われての避難ではなく、観光かなにかであるようではないか。

「女官殿にご賛同いただけるとは。……では、県令様にお聞きいただけませんか？　我々を、春節が終わるより前に西金に帰らせていただけないかと」

老人は蓮珠の内心の混乱になどまったく気づく様子もなく、訥々《とつとつ》と自らの訴えを続ける。

「お話は承りました。上の方にお聞きすることは可能です。叶うかどうかは上の方がお決めになることですが……」

蓮珠は老人の言葉を半ば受けて、その場から引いた。退却の速さで張折に褒めてもらえるのではないかと思えるほど、すばやく行動に移した。

門の警備の者には、お礼を言った後、自分が様子見に来たのは主上のご意向であり、それは周囲には内密にするように言われていると三度言い聞かせて、宮城へと向かった。

福田院へのお土産にするつもりだった本が荷物になっているが、もうそれは気にしている場合ではなかった。

「避難民とされている人々は、自分たちが『避難』のために都に来たとは思ってない……？　——これは、下町に行っている場合じゃない！」

これは、なにか良くないことが起きている。このちょっと頬にピリピリくる感覚は、後宮の廊下でこの先に悪意の塊《かたまり》が置かれていると直感するときと同じものだ。

早く確かめなければ……。その思いだけで、まだ春節の装飾が並ぶ街を蓮珠は駆け抜けていった。

大事なことだが、行部官吏の陶蓮は街道の閉鎖で足止めを食らって都に戻れないことになっている。そのため、蓮珠は行部庁舎のある宮城の西側でなく、人目を避けられる東側を通って皇城側に向かうことにした。

相国の官吏は規定により男女同型の官服を着用する。下級官吏時代の顔見知りであっても、知っているのは女っ気皆無の官吏服姿の蓮珠だけだ。そのため、女官服姿の蓮珠は、女官が歩いているということで多少目立ったとしても、蓮珠であること自体は気づかれにくい。

とはいえ、福田院へのお土産にするはずだった大量の本を抱えて歩く女官に、親切心から手伝おうと声を掛ける者が出てくるのは、避けられない。馬鹿正直に行部に急いでいるからそこを退いてくれとも言えず、『後宮へのお届け物だから、目的地まで一緒に持っていただけるわけではないので大丈夫です』と多くの官吏が尻込みする理由で人払いすること数回目、不幸にして元同僚に遭遇してしまった。

「手伝いましょうか？　……いや、ぜひ手伝わせてください」

くれよ」

「ちょ、なんで必死なんですか？」

「……なんだ、陶蓮珠じゃないか。ちょうどいい、おまえ、北から来た奴らの面倒を見て
声をかけてきた知人が、蓮珠が都にいないことになっていることをそもそも知らない相手であったことにほっとする。

どうやら彼は、厄介ごとから逃げるために、通りがかりの女官の荷物を持とうとしたらしい。

元同僚のだいぶ後ろのほうに、旅姿の者が三人見えた。三人ともこちらを見ている。

「あの子ら、北のほうから旅してきたらしいんだけど」

「子」と言われてよく見れば、旅姿の三人はいずれも十代半ばから後半の顔立ちをしている。女の子一人を真ん中に左右に男の子が立っていた。連れ添っている大人の姿がなさそうなので、成人はしているのだろうが、それにしても相国内ではあまり見ない格好をしている。

「威国からの旅人なんですか？」

蓮珠は、疑問を口にした。この時期の威国からの旅人なら毛織物を着ていることが多いのだが、彼らの服はなめし革でできているように見える。

「わからん。あまり話が通じてない感じで、ハッキリしない。もしかすると、相国語が苦手なのかもしれん。お前がどうにか聞き出してくれ、威国語できるんだからいいだろ？」

なんて雑な扱い。官服を着ていなかったことが悔やまれる。紫衣をまとっていたら、元同僚だって、おいそれと声を掛けてこなかったものを。

「急いでいるときに。というか、礼部の……外交担当の窓口にいるんですから、そろそろ覚悟して威国語できるようにしたほうがいいじゃないですか？」

元同僚が渋い顔をする。

「それを今言ったって、一朝一夕にできるものじゃないだろう？」

そこまでくると開き直りではないか。そう思うも、あまりこの場所で長く問答を繰り返して、時間を掛けたくない。少しでも早く行部の張折に話をしに行きたいのだ。

さて、どうしよう、と思った蓮珠は、三人のほうを見て、あることに気づいた。

彼らは衣服の腕や脚部に細い革ひもを巻き付けている。かつて、白渓の近くの山で見かけた狩人のようだ。狩人は山の中の道なき道へ分け入るために、袖や裾《すそ》が草木に引っかからないようにそれをしていた。

「もしや……山のほうからいらしたのですか？」

蓮珠の問いに、三人が反応を見せた。

「お、話が合いそうじゃないか。よしよし。じゃあ、あとは任せた」

元同僚は、それだけ言うと脱兎のごとく人垣を抜けて去っていった。この三人が本当に狩人なら、あの無責任なウサギを射ってくれまいか、などと思ってしまう。

そうは思うも、客人に罪はない。蓮珠は、三人に歩み寄るとにこやかに話しかけた。

「ようこそ、栄秋へ。申し訳ないのですが先を急いでおりまして。話ができる者がいる部署にご一緒いただけますか？」

蓮珠は、子どもたちに大人に対するのと同じように丁寧な言葉で話しかけた。

「この先に行部という部署があります。そちらでお話を聞かせてください。栄秋訪問のご用向きと……相国東北部から、閉鎖されている街道を使わずに、どうやって栄秋までたどり着けたのか、も」

「……わたしたちがどこの集落の者かもおわかりになるんですね？」

少女が言った。集落、という言葉がすでに彼女たちが山の民であることを示している。

蓮珠は、自分の理解度を示すために彼女たちの旅服のある部分を指摘した。

「……衣装から髪飾りに至るまで革を使っているのに、二の腕に巻いた金布だけが絹を織ったものになっています。それが特別なものだからではないですか？　そして、金は、乾《けん》の集落色と認識しています」

相国の東北部、中央地域からみた場合西北にあるので乾の集落。その集落色は方角と色の対応から金となる。威公主が帰国間際に山の民と集落の色の話をしていたので、蓮珠は八方集落について少し調べておいたのだ。

さて、この時期、山の民がこの栄秋に来た目的は何だろうか。蓮珠は少し緊張して相手の返事を待った。すると、少女が笑った。

「どうやら、あなたは、このあたりにいる誰よりも色々な事情をご存じのようだ」

少女は翠玉とそう変わらぬ年頃のはずなのに、なぜだろうか、蓮珠は畏怖のようなものを感じた。この畏怖に似たものを経験したことがある。初めて威公主と会った時だ。少女も威公主も、年齢以上の経験を積んできた者だけが持つ、強い目をしている。

蓮珠は反射的に半歩身を引いていた。

「やっと得た伝手を警戒させてどうするんですか。ここは正攻法ですよ」

そう言ったのは、黒い衣の男の子だった。彼は一歩前に出ると、丁寧にお辞儀する。

「我々は乾集落の代表代理として、栄秋に来た者です。少々困っていることがありまして、相国主上に、我々の集落を助けていただきたく、謁見《えっけん》を賜りにまいりました」

蓮珠はてっきり武力蜂起に関連することで都まで来たのかと思っていたので、この言葉に思考が一瞬停止した。

「え？　……いま、この時期に、ですか？」

「はい。この時期に、です」

言葉が通じれば、話ができるというのは幻想だ。蓮珠は、それを思い知った。

元同僚の押し付けに呆れた蓮珠だったが、正直自分で判断できる範囲を超えていた。

当たり前のことだが、主上に会いたいと言われて、はい、どうぞ……と会わせることはできない。しかるべき部署に謁見を申し込む。受け付けた部署のほうで、まず謁見に値するのかを調査、その後に皇帝の予定を確認する。問題なければ申請者に日時の指定が伝えられ、当日は宮城の門からは申請者本人だけが入ることを許され、付き添い役の官吏とともに謁見の間がある虎継殿《こけいでん》へと案内される。

一国の長に会うというのは、容易いことではない。急な訪問が許されるのは、同盟関係にある同じ大国の華の王もしくは威の首長とその代理ぐらいだ。

「謁見に手続きが必要なことはわかっていたのですが、もう宮城にお願いに行くしかない状態でして……」

話によれば、集落を代表してご挨拶に来たものの、山の民の別の集落が武力蜂起をしたためで、栄秋全体に山の民が警戒されてしまった。そのために宿をとることもできず、困って役所に来たのだという。武装蜂起した集落の仲間と思われるわけにいかず、窓口の役人には北から訪れたと言葉をあいまいにしたところ、役人側で威国の子どもという前提で話が進んでしまったのだという。

「改めまして、乾集落の代表代理、藍玉《らんぎょく》と申します。こちらは付き添いの琥珀《こはく》と黒曜《こくよう》です」

そう自己紹介をした藍玉は、ごく普通の旅人姿ではあるものの、どこか気品があった。聞いた話では、乾の集落は、高大帝国末期に荒廃する国を立て直そうとして追い出された官僚たちが住みついた土地であったそうだ。世が世なら、彼女も胡淑儀や楊昭儀のような、名門官戸のお嬢様だったのかもしれない。

「……ああうん、それはわかったけど、なんで俺が山の民と顔合わせすることになったんだ？」

こちら気品のかけらもないが正二位《せいにい》という官位を持つ、蓮珠の上司張折である。

「いろいろ考えた結果、まとめて張折様に話を聞いていただくのが一番早いという結論に達しました。わたしの頭の中での朝議決定です」

色々ありすぎて考えること自体を放棄しようとしたとも言える。

「たしかにな……他の誰かのところに連れていくよりは正解なんだがな。……で、乾の集落からのお客人よ、本当に陸路を通って栄秋まで来たんだな？」

上司の睨みに、若干不安そうな三人の視線を受けて、蓮珠は一応言い訳をする。

「大丈夫です。怪しくて怖そうに見えますが元軍師だからです。その分、状況の読みは的確ですし、なにより今上帝の信頼も厚い優れた方なんですよ。口は悪いですが、いつもどうにかしてくれる頼りになる方なので、安心してください」

「陶蓮、それ不安にしかならねえよ」

部下を片手で制してから、客人のほうに身体を向けた。

「礼儀として、先にそっちの話を聞く。そのあとで、乾から栄秋への経路を聞かせてもらいたい。あと、謁見に値するかどうかは、俺が判断する。うちもだいぶドタバタしていて、国の外にかまっている余裕がねえんでな」

張折は、前置きをしてから藍玉たちを促した。藍玉は琥珀と黒曜に目配せで確認してから、相国皇帝へのお願いを口にした。

「我々の集落は、帝国官僚の末裔であるためか一言で言うと保守的です。昔からの決まりやつながりを断つことができないのです。そのために中央地域の争いに巻き込まれてしまいました」

藍玉の話によると、集落の大人たちが中央地域に連れ去られてしまったのだという。それも、元々の官僚としての能力を活かすために、だ。

「じゃあ、連れ去られはしても、生きているんですね？」

「そう……信じています。集落にはご先祖様が帝国から持ち出した書物や文具だけでなく、法令や制度も残っていたんです。どうもそのへんに目をつけられたようだ……と本来の集落代表である祖父が言っていました。集落に残されたのは、働けない子どもと老人だけです」

子どもと老人だけとは、どこかの屋敷で聞いたような話だ。蓮珠は張折に持ってきた話とのつながりを考え、あらゆる言葉を飲み込んだ。

「なるほど。つまり、中央地域の争いが終結しつつあるってことか」

少しの沈黙のあと、張折が唸《うな》るように言った。

「どういうことなんですか？」

説明を求めた蓮珠に、張折は子どもたちにも聞かせるように、言葉を和らげて言う。

「建国当初から文官重視のうちの国と違って、武力重視の国はある時期になってから文官が必要になるんだよ。だいたいは、国を国として運営していかなければならないという状況になってからだ。それまでは集団の長かその側近で済んでいたことが、人手を必要とするような規模になったということだな。そこからいくと、争うばっかりだった中央地域に、そこそこデカい国が成立しつつあるって話になる」

蓮珠は、ちょっと残念に思った。どうやら西金の話とはまた別の問題のようだ。

「主上に願い出るのは、連れ去られた集落の者を連れ戻す交渉と二度と集落に手出しできないように後ろ盾になれってところか」

「交渉でいいんですか？」

蓮珠が藍玉に確かめると、彼女たちは三人同時に頷いた。

「そうです、交渉です。だから、我々は相国を頼ることにしました。武力で連れ戻すなら威を頼る選択もありました。でも、それでは一時的に仲間を取り戻せたとしても、その後も抗い続ける武力は、我々の集落にはないのです」

どうやら張折の言うことで正しいようだ。だが、そうなると、張折も彼女たちの謁見を認める必要はないという判断になりそうだ。いまの相国は『国の外にかまっている余裕がない』。

西金の人質解放が急務であり、そこにこそ交渉力のすべてを投入しなければならない。ただ、彼女たちの集落に子どもと老人しかいないという窮状を聞いてしまった以上、彼女たちに何もしてあげられないというのは、どうにも心苦しい。

つい、張折の顔を窺うが、彼は何か考えているようで腕を組み、天井を睨んでいた。

すぐに謁見不可と言わないのは、彼女たちから経路を聞き出すためだろうか。上司の思惑がわからず、蓮珠も気安く発言できない。その重苦しい無言が続く小部屋の扉が、軽く開く。顔を見せたのは蓮珠の副官である魏嗣《ぎし》だった。

「張折様、避難民支援の件で雲鶴宮様がいらしてます。ご対応どうなさいますか？　……って、あれ？　陶蓮様ですか？　どうやってご帰還されたので？」

「……どうしますって、もう見えていますよ」

蓮珠は副官の疑問を聞き流し、小さなお客の存在を指摘する。

ひょろっと背の高い魏嗣の腰のあたりから、明賢の頭が覗いていた。

「小さな部屋に五人もいるとか、狭くないですか？」

魏嗣の横をするりと抜けて、雲鶴宮明賢が小部屋に入ってきた。

「雲鶴宮様は、その狭い部屋にお入りになりたいようですね」

張折が椅子の位置をずらしながら笑う。

「お話し中にお邪魔しちゃってかまいませんか？」

微笑んで狭い部屋に入ってきた明賢は、当たり前のように部屋の最奥、上座へと入ってくる。あげく、張折に椅子を譲らせたので、張折には蓮珠が椅子を譲った。

「その腕に巻かれた布、山の民の方ですね。金色だと西金で武装蜂起したのとは違う集落のようですが、なにごとですか？」

叡明の末弟は、部屋の奥に向かう間にも客人をしっかり観察していたようだ。

張折は、まだ十歳に満たない明賢相手に、特にかみ砕くでもなく藍玉たちの集落の状況と謁見希望の話をした。

「ふ〜ん、中央地域でそんな動きがあるんですね」

言葉こそ子どもっぽさを含んでいるが、思案する表情は大人と変わらない。

「いいことを思いつきました。謁見の許可を待つ間に滞在する宿がないなら、僕の宮に泊まればいいんですよ」

「そ、それは……」

止めようとした蓮珠を、再び張折が片手で制する。

「良いと思います。杏花殿が使えないので、相国外の方をお迎えするのには宮様にお願いするのが適切と考えておりました」

たしかに杏花殿は英芳たちが滞在している。そこに山の民である藍玉たちに入ってもらうのは、英芳の性格を考えるに問題がありそうだ。

「じゃあ、決まりだね」

嬉しそうに言った明賢が、藍玉たちを雲鶴宮に案内するよう、付き添っていたお付きの太監に指示を出す。密談部屋を出るところで、明賢が蓮珠にそっと耳打ちした。

「ちゃんと見張っておくから、この件は軍師殿と話し合っておいて」

さすが、あの叡明の弟だった。同時に、打ち合わせもなしに、彼の意図を察して、話を進めた張折もすごい。そう思って、尊敬のまなざしと共に上司のほうを見たのだが……あくびをしていた。本当は厄介払いをしたかっただけとかじゃないと信じたい。

若干、重い気分で蓮珠は上司に問いかけた。

「お話があるんですが、お時間よろしいですか？」

「おう、ようやく本命の話か。……陶蓮、お前もう少し表情隠せないのかよ。色々と顔に出ていたぞ。あっちにいる時は蓋頭あるからって油断してねえか？」

その指摘に反論できなかった。

「ま、そういう嘘のなさが、さっきみたいな運を引き寄せるんだろうな」

藍玉たちのことだろうか。蓮珠が首を傾げるも、上司は何も教えてはくれなかった。

夜、玉兎宮を訪れる翔央に報告をする日々が続いている。後宮の皇后宮に皇帝がお渡りになるというと周囲は艶めいた想像をするようだが、実態は終礼と変わらない。寝台の近くに置かれた長椅子に並んで座り、本日の報告と情報共有をするのがすべてだ。

「栄秋の街は、下町まで含めて落ち着いています。避難民と元からいる民との間にいさかいは生じていないようです。ただ、その件で気になることが……」

「張折先生から聞いている。思いつく限り多方面に調べておくという話だった。そちらは先生にお任せするとして、とりあえず、西金の民に悪印象がなかったことを良しとしよう。そういう状態なら、世論も西金を取り戻すための政策に反発することはないだろう。朝議のほうもいまのところ西金奪還自体は意見が一致している。身代金の件は……言い争いが続くばかりだがな」

翔央は疲れを隠さず、蓮珠の膝を枕に身を横たえた。

「その件ですが、小紅様にご紹介いただいた西堺の商人の方々と明日にもお会いします。うまく話が進めば援助を願い出ようかと思うのですが」

「期待したいが、無理はするな。急けばせっかくの縁が逃げる」

「大丈夫です。明日はあくまでも顔合わせだとわかっています。……皇后様が無事お帰りになってからも続く縁にしたいです、逃がしたりしません」

蓮珠が力強く言えば、翔央が小さく笑った。

「縁といえば、山の民の件は、明賢のほうからも話を聞いている。もう少し相手の話の裏を取ってから謁見の調整を行なおうと思う。こっちの件では、張折先生が、お前は本当に厄介ごとを引き寄せるのがうまいと感心していたぞ」

「……感心していたって言うんですか、それ」

蓮珠が肩を落とすと、翔央が手をのばし、その髪を撫でてくれた。このところ高速回転ばかりを繰り返していた頭に、大きな手の感触が心地よく、癒やされる。

「先生らしい言い方ではあるがな。礼部で追い返したとか、ほかの誰かのところに案内されていた……なんてことにならなかったんだ、俺は素直に感心しているぞ」

そこは確かにその通りではある。他の誰かであれば、最悪藍玉たちは栄秋を去っていただろう。

「お役に立てたなら幸いです。……といっても、引き寄せるつもりで引き寄せた縁ではありませんが。それで、彼らが使った経路の件はいかがでしたか？」

蓮珠が藍玉たちの話を聞こうとした最大の理由はそこにあった。

「李洸が確認していたが、予想通りの道なき道だった。でも、使えるならそれに越したことはない。早速李洸の手の者を一人向かわせた。……今度こそ、戻ってきてくれるといいのだが」

そこが大問題だった。西金に出していた李洸の手の者が一人として戻ってきていない。

行きか、あるいは帰りかは不明だが、道のどこかで何者かに消されている可能性が高い。

さらに范家の情報網も行商人が西金に近づけなくなったことで途絶えた。

現状、西金を占領した者たちから、一方的な連絡が来るだけだ。

「ところで、蓮珠から見て、藍玉たちの話は信憑性がありそうか？」

翔央の問いに、蓮珠は感じたままを答えた。

「あると思いました。……嘘で近づくなら、この時期にいらしたのですから、もう少し違う話を用意すると思うんです。藍玉さんたちの話は、いまの相国にとって緊急性が低い

──わざわざ、そんな作り話をするでしょうか」

「だが、同時に緊急性を感じる重要な情報も含んでいた」

「張折様も仰っていました。中央地域が内戦状態から国になろうとしているかもしれないと……」

翔央は身を起こすと、長椅子の肘《ひじ》置きに片肘を立てる。

「百五十年にわたって落ち着くことのなかったあの中央地域をまとめ上げる国ができると言うなら、それは相当な強権国家だ。……当然、大陸全土を再び支配下に置くべく動くだろうな」

「つまり、いずれは相国に侵攻してくると？」

「そうなるだろう……と、考えていくと実は今回の西金の件も怪しい。中央地域の動きが影響してのことか、あるいは侵攻の一端である可能性も出てくる」

中央地域での戦いを制して高大帝国の後継者を名乗るなら、拡大路線は十分考えられる話だ。

「もしも、そうであるなら西金の件は、すみやかに片付ける必要がある。放っておけば、あの地を相国侵攻の前線基地にされかねない。早急に街を奪還し、中央地域への警戒線を東部方面に張り巡らせねばならない」

「街の奪還となれば、禁軍を出すことになりますが、街道は西金の手前でふさがれた状態です。厳しいですね」

「その件でもお前は役に立ったぞ。客人たちが山の民だけが知る集落間の連絡道の情報を提示してきた。彼らが栄秋に来た時に使ったという最短経路ではないが、ある程度の幅はある道らしいから、少なくとも偵察部隊を出せる」

偵察専門の部隊を送り出したという話に、蓮珠は焦った。

「ですが、軍事行動に出れば、人質の命が……」

実のところ西金奪還のために禁軍を出すのは簡単だ。閉鎖されている街道の道も禁軍が切り開きながら進めば、西金にたどり着くことは可能だろう。ただし、人質の命を考慮しなければの話である。

「もちろん街の中までは入らせない。街の周辺まで禁軍を寄せられるかどうか、そういう部分を偵察させるだけだ」

翔央の言葉に蓮珠は安堵した。

「……あと、人質の件だが、父上にも話をしてきた」

何でもないことを付け足すように翔央は言ったが、蓮珠には、それがかえって重く聞こえた。

「上皇様に、ですか？」

「ああ。あんな人でも、一応俺たちの父親だ。叡明の件は知っておいたほうがいいだろうと思ってな」

「……そうですね」

「あんな人」という翔央の言葉に、優しかった自分の亡父しか父親を知らない蓮珠は複雑な気持ちになる。

双子と父親である先帝との間に溝がある。詳しいことは蓮珠にはわからないが、どうやら双子の母である朱皇太后に関して、過去に何かがあったらしい。

ただ、翔央は少しずつであるが変化を見せている。どうも先帝との間になにかあったようなのだが、ことが先帝に関わるだけに、蓮珠は話題にすることで話が翠玉に及ぶのを懸念し、避けてきた。そのため、真相はわからない。

「身代金の件も、できる範囲で出すと言ってくれた。……アレで、かなりの個人資産をお持ちだ。遠慮なく使わせてもらうつもりでいる」

「でも、全員分とはいきませんよね」

「さすがにな……。ただ、ある程度の用意があれば交渉のきっかけにはなる」

翔央の物言いは、すでに方針を決めているように聞こえた。

「交渉と奪還のための軍事行動——その二方面から対策を進めるのですね」

「そうなるな。……今回の件は、長引くほどこちらが不利になる。占領した街で地盤を固められれば、取り戻すのは、一国と戦うのと変わらない時間と労力を要することになる」

力強く言った翔央だったが、急に蓮珠の肩に額を乗せて呟いた。

「……違うな。俺自身が耐えられないんだ。叡明の無事を一刻も早く確かめたくて、気が急いているんだ」

本音は、今すぐにでも自ら西金に向かいたいと思っているはずだ。彼は、それをずっと身代わりの義務感から押しとどめている。

「叡明様と冬来様のことですから、もしかするとお二人で西金を占領した者たちを退けて帰京するかもしれませんよ」

蓮珠が少し軽めの口調でそう言うと、翔央が顔を上げた。そのまま蓮珠の目をジーっと見たあとで苦笑する。

「それいいな。あの二人なら本当にやりそうなところがいい」

翔央はそのまままずるっと身体をずらし、再び蓮珠の膝を枕に目を閉じた。

「その夢採用だ。……少し寝る」

「はい。おやすみなさいませ」

蓮珠は少し身を屈め、翔央の額に唇で触れた。


いい夢の儚《はかな》さを思い知らされたのは、わずか数刻後のことだった。

玉兎宮から皇帝執務室に戻ってきた翔央は、飛び込んできたのが伝令兵であることにまず驚かされ、次にその報告内容に呆然とする。

「西金にて交戦中の壁秋路《へきしゅうろ》守備隊第五大隊より援軍要請に……」

「待て！　……それは守備隊が、西金を占領している者たちと交戦したということか？」

執務机の椅子から腰を浮かせた翔央が、報告する者の言葉を遮って問い質《ただ》す。

「はい。その被害が大きく、こうして援軍の要請を……」

「人質解放の交渉もせずに、こちらから手を出したということなんだな？」

再びの問いかけに、伝令兵が固まる。それ以上の答えを求めず、翔央が額に手をやり、椅子にドカッと腰を下ろした。

李洸だけでなく、部下たちの顔も青ざめている。その様子に、飛び込んできた伝令兵が固まってしまう。

何か言わなければならない。上の者の動揺は、下の者をより不安にさせる。そう思っても、翔央はすぐには動けなかった。

交戦していた。それもこちらが押されて援軍が必要な状況。おそらく人質は解放されていない。それがなにを意味するかわかっている。

「主上……」

最初に冷静さを取り戻したのは、李洸だった。それに応える形で翔央が応じる。

「わかっている。……もう遅い。いまさら矛《ほこ》を収めても、相手側は交渉決裂で今後の話を進めることになるだろう。こうなれば、こちらにできることは少ないな」

翔央は俯き考えているふりをして、声だけは叡明を真似た。顔を上げれば、もっと周囲を不安にしてしまいそうだった。

「李洸、大至急で朝議を招集。禁軍を出す。最優先は人質の解放、その次に街の解放だ」

李洸の部下たちが執務室を飛び出していく。皇帝の声で栄秋までたどり着いた伝令兵を労《ねぎら》い、身体を休めるように促して、執務室から解放する。

伝令兵が扉の向こうに見えなくなってから、ようやく本音を口にした。

「……間に合ってくれ」

そう呟いて触れた佩玉の赤翡翠は、いつもよりずっと冷たい気がした。

第四章

順手牽羊

〔じゅんしゅけんよう〕

緊急招集された朝議の席で伝令兵からもたらされた情報は、執務室では詳細を聞かされていなかった翔央たちをもざわつかせた。

「山の民が大型の武器を使っている？」

「多くは攻城用の投石機の類ですが、中にいくつか大型の火器が含まれておりました。これが非常に強力で。……山の民が相手であったため、大型の武器の使用は想定しておりませんでした」

確認しても信じがたい報告に変化はなかった。

山の民は集落を形成している。一つの集落は、だいたい五十戸程度。一戸から一人戦いに出したとして五十人、二人ずつ送り出したとしても百人。いずれにしても、攻城兵器を所有、運搬するほどの部隊にはならない。

翔央は武官として、一隊五十人を与えられている。もし、自分の隊で大型武器を使うとしたら、せいぜい攻城用投石機一基程度だ。

「西金の街門に近づくこともできません。守備隊だけでは人質解放・武力蜂起の鎮圧は難しいと判断し、禁軍派遣をお願いに参りました」

都の許可なしに交戦したことは許しがたいが、大型武器を想定しない近距離戦武器しか携えていない部隊が、投石機を使ってくる部隊を相手にするのは厳しすぎる。

「これをどう考える？」

翔央は玉座から官吏たちに問う。

「すぐにでも禁軍を派遣すべきです。これは我が国への侵攻の意志ありと受け取れます。ここで譲れば、西金だけでは済まない。街道を使い栄秋に攻め上る気やもしれませぬ」

玉座に近い前列のほうほど、朝議における重鎮は多く、同時に戦争の激しかった時期を記憶している者たちでもあった。彼らは敵に攻め込まれる感覚を、その身をもって知っている。

「お待ちください、ここはもう少し様子を見るべきです。山の民が大型の武器をいかにして持ち込んだというのですか？　もしや、背後にどこかの国が……」

言い出したのは、中列の官吏だった。このあたりの上級官吏は前列の古参官吏に比べて若い者が多く、また、商家から官吏を出す家となった派閥も含まれていた。彼らのほとんどは相国でも威国から遠い西部、もしくは南部の出身で戦禍を直接見たことも体感したこともほぼない。官吏になるときに必ず受ける、戦地での応急処置の仕方など覚えてもいない。だが、一歩引いてこの戦いの違和感を指摘することができる。

「それ以前の問題です。人質の件をどうお考えか！」

後列からあがったのは、中列よりさらに若い声だった。上級官吏の中で下位にある彼らのほとんどは、前列・中列の派閥の跡取りか、有力な派閥で目を掛けてもらっている者だった。戦場を知らず、政治的な思惑を感じ取る直感もまだない。彼らは、政《まつりごと》に対してある種の理想を持っている。

年代的には翔央も李洸もこの後方の官吏たちに近い。ただ、翔央は初陣の敗走を経験している。攻め込まれる恐怖は身体に刻み込まれている。武官として、この戦いへの違和感を拭えない自分もいる。武人としての直感が禁軍派遣を止めようとしている。

「すでに交戦した以上、人質がまったくの無事だとは思わないほうがいい」

交戦は交渉決裂を意味する。そうなれば、人質を生かしておく意味はなくなる。それが戦いの場における常識だとわかっている。それでも、助けたい、叡明を、冬来を。いや、もう民を失うわけにはいかない、あの初陣の敗走の中で、そう誓ったのだから。

「だが、すでに彼らが失われているかどうかは確定していない」

翔央は玉座から朝堂に集う官吏たちを見下ろした。

「余は禁軍を出さざるを得ないと考えている。ただし、最優先は人質の解放。街の解放はその次だ。……同時に言わせてもらう。大型の武器に対抗できるだけの装備と兵力の禁軍を出せば、都の護りはどうしても手薄になる。山の民の背後にどこかがいた場合、禁軍派遣は都を危険にさらすことにつながる」

「それでは、なにも選べませぬ。……主上、どうなさるのですか？」

「胡新よ。朝議とは、なにが正しい選択なのかわからなくても進まねばならぬときに、意見をぶつけ合う場ではないのか？」

　相国の政の中枢にいるこの場の全員が覚悟して禁軍派遣を決めなければ、その先に待つだろう危機を乗り越えることなどできない。このまとまりない朝議がまとまることこそ、今回の件で一番難しいことかもしれない。

「身代金の件と同じだ。……今回の件、すべてが選んでも選ばなくても、我々にとって不利になるように仕組まれている。罠はすでに幾重にも張り巡らされている。仕掛けた者は、どこからかもがく我々を見て、ほくそ笑んでいることだろうな」

　もしかすると、それはこの朝堂の中にいるかもしれない。だが、それを玉座から見下ろしたところで見分けられるものでもない。動揺を表に出さない者は、いくらでもいる。政治の中枢となれば顔色の読み合い、それに長けた者たちはこの場でも静観している。そこには、張折や現状で味方として数えている范言も含まれている。

　また、確実な味方とはいえなくとも、丞相である李洸の実家、李家のように、政の中心に近すぎる位置に家の者がいることで、この場での立場を明らかにできない家もある。それはほか二人の丞相の家も同じことだろう。

さらには、英芳の母后の実家孟家や立后式で大逆を企てて処刑された司馬衛《しばえい》に近かったいくつかの家のように、すでに権力の中枢から外れ、発言することに政治的意味がないと判断している家もある。

翔央は後方の官吏たちまでも視線を向けるべく、玉座から腰を上げた。最後方には知っている顔もある。蓮珠と同じ行部の黎令《れいりょう》だ。優秀ではあるが人間的に不器用なところがある彼の場合は、まだまだ思っていることが顔に出る。いまは上司張折のほうに視線を向けていた。先の読めぬ情勢を上司の様子から読み取ろうとしているのだろう。

これだけ多くのものが見える場所に居ても、肝心のことは見えてこない。

「これから先、我々を待つのは誰も他人事では済まされない国家の危機だ。覚悟を決める時間を与える。夕刻に再度招集として、一旦解散する。夕刻の再開までに、意見ある者は執務室に来るといい。……万事を解決する提案を期待する」

言って李洸に目配せする。銅鑼《どら》が朝堂に鳴り響き、官吏たちが一斉に姿勢を正し、跪礼する。その中を朝堂の扉に向けて歩きながら、広く視界を保つ。そうすることで、翔央はどこかでほくそ笑む誰かを探そうとしていた。

執務室に戻った翔央は、李洸に問いかけた。

「李洸、お前の言うとおり一旦解散させた。これでどうする？」

「……小官も主上の傍らにて朝堂内を確認しておりましたが、どなたにも動揺は観られませんでしたね。ですが、今回の件の流れ、相国内の手引きありとしか思えません。相手側は禁軍を派遣させたがっている。それにすぐには乗らぬ姿勢を見せることで、なんらかの反応を示すと思われましたが」

李洸の横顔にも焦りがあった。

禁軍の派遣を匂わせておいて、朝議を一旦解散にするというのは李洸の案だった。

西金に出した斥候《せっこう》は消され、現地の情報は都側に見えないままだ。にもかかわらず、璧秋路守備隊の伝令兵は栄秋に戻れた。これは、故意に消さなかったとみるべきで、その目的は禁軍派遣要請をさせることだと推察された。

「陶蓮殿が気づいて、張折殿に調べていただいた件からも、内部に仕掛けた者がいることは確実です」

蓮珠が避難民から得た情報は、三つあった。

ひとつ目に、子どもと老人しかいないという避難民の年齢層の偏り。

ふたつ目に老人の言葉から春節時期の都に連れてきてもらったという認識でいること。

みっつ目に、この二点がありながら、西金の役人が提示した避難民に対する支援要請は全年齢向けであり、食料・衣料・薬品で構成されていたことだった。

避難民が栄秋に来た当初、彼らを各所に分け、それぞれに必要なものをまとめて行部に支援依頼を掛けたのは、西金の役人だった。最初に仕組みが動き出せば、致命的な停止要素がない限り、そのまま運用するのが役人というものだ。以後も、すべては西金の役人を通じて、支援が行なわれていた。

そもそも人手の少ない行部の官吏が直接避難民を確認することはなく、支援物資を届けるのも委託した商人だった。その商人にしたって、届けるのは届け先の門までで、避難民だと思われていた西金の人々全員と顔を合わせて渡すわけではない。

この方式で本来なら問題なかった。避難民の管理は、地元の役人が一番適している。西金に住む人々を把握しているのは、彼らなのだから。だから、粛々《しゅくしゅく》と行なわれた避難民の振り分けも必要物資の要請も彼らが行なうことになんら不自然なところはなく、むしろ自身も避難してきた身でありながら積極的に仕事を行なう姿勢に、栄秋側は好感を持っていたくらいだ。

「捕えた西金の官吏たちも、前任者から引き継いだ仕事をこなしていたに過ぎませんでした。前任者とされていた数名の官吏を探させましたが、現時点で見つからず――前例の踏襲を是とする役人の性質を、本当によく知っています。いえ、民の感情も良く知っている。

「……いったいどれだけ綿密な仕掛けを施しているのか、小官にも見えません」

李洸が悔し気に表情を歪ませた。

結果として、西金の民に必要がなかったにもかかわらず配布していた支援物資の行方も、一部わかっていない。

西金の民が栄秋の民と衝突しなかったのは、年齢層の偏りだけでなく、避難民と目されていた人々も着の身着のままに栄秋に出てきたわけではなかったため、金銭的にも精神状態的にも余裕があったからだった。そして、彼らが春節時期の観光客を自認していたこともあって、栄秋の人々も目の前の人々が西金からの避難民だなんて気づかぬままに接していた。そのため、彼らのことが特別話題になることもなかったのだ。

何の騒ぎにもならないことこそ、警戒してしかるべきだったということだ。

「ああ。仕掛けが見えて、それにこちらが対応するたびに、更なる仕掛けが施されていたことが見えてくる。……片割れ並みかそれ以上に頭が回るんじゃないか」

翔央は苛立ちを口にした。

「まだ見えていない仕掛けがある可能性が高い。だが、事態は一刻を争う、悠長に事を構えているわけにいかない。朝議の総意として禁軍派遣決定に持って行けるように、確実に朝議をまるめこめる材料を、もう一度探れるだけ探れ」

李洸が頷き、執務室を出ていこうとしたところで、執務室の出入り口付近に置かれた衝立の向こうから来訪者が現れた。

「んなこと、ぬかしてる時点で、お前が一番悠長なことやってんだよ！」

「英芳兄上……」

突然の次兄の訪問に、翔央は思わず目を見開く。

皇帝執務室に英芳が来るなど、継承権剥奪以前もほとんどなかったからだ。

「お前、皇帝なんだろうが、さっさと禁軍派遣の勅命を出せ！」

掴《つか》みかかる勢いで執務机の前まで来た英芳に、李洸が慌てて制止を掛けた。

「英芳様、不敬が過ぎます！」

英芳は足を止めたものの、口は止めなかった。

「西金の街と街道の解放は、領民だけでなく相国全体にとっての最優先事項だろうが。この国は貿易で動いている。都や南部だけじゃねえ、地方の邑ひとつとっても、経済回さなきゃ生き残れねえ。違うか？」

違わない。貿易都市を首都に抱えていようとも、全体としてこの国の財政はひっ迫している。政の正論をこの兄に説かれる日が来るとは。その驚きが表情に出ては、叡明としての仮面がはがれてしまう。翔央は、視線を逸《そ》らした。

「その顔……わかってんなら動けよ」

片方の口角だけ上げて笑う兄に、翔央は視線を逸らしたままで反論した。

「簡単に言わないでいただきたい。……人質がいる。民を見殺しにしたとなれば、国内だけでなく隣国からも責められる」

「何言ってやがんだ。国が人ひとりにまでかまってられるか。国ってのは、集団を管理するようにできてんだよ。だから、国の下はどこもかしこも組織だらけだ。そして、組織や集団を守れれば、国は成り立つ。……そこに個人は必要ない」

国は人ひとりにまでかまっていられない。それは先帝とは逆の考えだった。先帝はすべての民の命に責任があると言った。

「その優秀な頭で、よく考えろよ。法外な身代金要求に応じるのか？　たかだか十人程度の人質のために、西金とその周辺からの難民数百人ばかりか、国全体の民に苦境を強いることになるんだぞ」

言われっぱなしの状況に視線を上げれば、英芳と目が合った。すぐに李洸のほうを向き、命令を口にする。

「李洸、春礼《しゅんれい》将軍を呼んでくれ。朝議を丸め込むなら、官吏個人でなく派閥単位で物事を考えなければならない。どこの派閥にも直接かかわりのない春礼将軍なら、今回の派遣がどのような結果になろうとも、朝議の古狸《ふるだぬき》たちは自分の派閥が責任を負うことはないから、みな簡単に賛同するだろう。これをもって禁軍の派遣を決定事項とする。出立の支度を始めるよう、禁軍の衛所に伝えてくれ」

英芳の言葉に着想を得たという点には、自身に対し、若干の情けなさを感じる。

「よろしいのですか、主上」

李洸の確認する声に、翔央が応える。

「朝議の決定を待ってから支度を始めては遅い。……もちろん、押し通すなりの手は打つから、手配を頼む」

李洸は無言でうなずくと、春礼将軍に使いを出すために、執務室を出ていく。

「それでいいんだよ、文弱」

今度は両方の口角を上げて笑うと、英芳もまた執務室を去っていった。

執務室に一人になり、翔央は考えていた。

父帝の方針に引きずられ、英芳の持論に心が揺さぶられる。

「……じゃあ、俺はこの国の民をどうしたい？」

目を閉じ、自身に問いかけたはずなのに、瞼《まぶた》の裏に浮かんだのは蓮珠の顔だった。

翌日早朝、春礼将軍を指揮官として、禁軍の軍令拝命式が奉極殿《ほうきょくでん》前広場で行なわれた。

奉極殿の階段中央に玉座が置かれ、奉極殿前広場には紫衣の上級官吏が中央を空けて左右に整列していた。

国色の白を基調とした鎧《よろい》に白金の装飾、薄青の房を垂らした兜《かぶと》。春礼将軍と主だった隊長位の武官が玉座の前に跪礼する。

そこには、一時的に軍師に戻されて、禁軍に同行することになった張折の姿もあった。

この張折の禁軍参加こそが、翔央が李洸に言った『押し通すなりの手』だった。武官だけで事が進むのを、朝議の文官たちは望まない。そこを突く形で、翔央は元軍師にして、いまは文官の張折を将軍と共に出征させることで、文官が制御する禁軍であると朝議に印象付けた。

翔央が考えていたとおり、春礼将軍に行ってもらうと言った途端に、朝議の過半数が禁軍出立に賛成を出し、さらに張折を一時的に軍師に戻す話で、ほぼ朝議全体の禁軍派遣承認がとれた。

「春礼将軍、禁軍三軍の内、二軍を託す」

玉座の皇帝が言い、李丞相から春礼将軍に兵符《へいふ》が渡される。兵符は軍隊を動かす権限があることを証明するもので、相国守護獣である白虎の形をしており、二つ一組で使われる。

春礼将軍と張折それぞれに渡され、割符のように半身ずつの白虎を合わせて証明とする。

　軍令拝命式が終わると、すぐに出立式となる。多くの場合、戦意高揚を目的として、昼時に多くの街の民に送られ、栄秋で最も大きな街門からの出立となるのだが、今回は時間が惜しまれるため、禁軍の主力はすでに街門の外で待機していた。出立式は、軍令拝命式で皇帝の前に並んだ者だけとなる。

「ご武運を」

　玉座の傍らに控えていた蓮珠は、本当は上司である張折に皇后として声を掛けた。

「皇后様も恙《つつが》なきよう」

　張折が馬上にもかかわらず深く一礼した。態度こそ丁寧だが、『お前はお前でどうにかしろ』と言われているようで、蓮珠としては、より姿勢を正される。

　張折の一礼は長い。それは、跪礼をしない分、長さで敬意を示す一礼だった。張折は、それを利用して、蓮珠にだけ聞こえる程度の小声でさらに言った。

「お前が持ち込んだ縁で、乾の集落の者から地図にはない道の情報を得られた。街道を使わずに西金の北に出られるってのは、使える策の数が倍になったわけだ。感謝してるぞ。相手の目的のひとつに都から禁軍を派遣させるというのがあるはずだ。この目的は、当然次への布石だ。禁軍を動かしたあと、都で仕掛けてくるか、現地で仕掛けてくるかの二択になるだろう。西金は俺がどうにかする。栄秋を頼むぞ」

蓮珠は極力小さく礼を返した。本来、皇后が臣下に頭は下げない。それでも、託したい想いがある。

「どうか、皆様ご無事にお戻りになる日をお待ちしております」

そこに込めた思いが伝わるといい。叡明と冬来だけじゃない、威国からの商人も、現状では安否不明の老人、子どもを除く西金の民も、皆無事であってほしい。

「……そうだな。それでいいんだよな」

並び立つ翔央が、小さく呟いた。蓋頭越しに見上げた横顔は、どこか安堵の表情を浮かべている。

「どうなさいましたか、主上？」

蓮珠の問いかけに、翔央は馬上の将を見つめたままで応じた。

「余は余である。信念をゆがめる必要はない、改めてそう思ったまでだ。うむ、余は本当に良き皇后を得た」

「……主上をお支えできているのであれば、喜ばしいことです」

蓮珠は内心首を傾げつつも蓋頭の下で微笑んだ。翔央が信念をゆがめる必要がないと口にしたなら、蓮珠の内心の不安も和らぐ。彼の信念というのは、臣民を失わないことに他ならない。ならば、この禁軍派遣に春礼将軍と張折という強力な札を出したのは、戦うためでなく、救出のためなのだろう。

出立式最後の挨拶に、指揮を執る春礼将軍が主上に一礼する。彼もまた、自身の盟友である張折がしたように、長い一礼の間に小声で忠告した。

「主上。我らが出立により、栄秋の護りが手薄となるのは避けられません。禁軍から出していた栄秋城門および、城壁の巡回警備も皇城司から出すと伺いました。ですが、そうなれば、最も手薄となるのは、皇城の護りとなります。お気を付けください」

翔央は頷き、改めて禁軍の武運を祈り、彼らを見送った。


禁軍出立を見送った日の午後、蓮珠は衣装を改め、客人を迎えた。小紅の仲介による西《せい》堺《かい》商人との初顔合わせだった。以前の話どおり、明賢も同席している。会場は、宮城側に用意された部屋で、最奥の長椅子に皇后と皇弟が並び、その前に左右に分かれて商人たちが椅子に座っていた。

西堺商人の代表格である五人の商人がくるとの話だったが、なぜかそこに見知った顔がいて、蓮珠は思わず声が出た。

「何禅《かぜん》殿？」

この巨躯《きょく》に丸顔、さらには丸目に丸鼻。その耳たぶまでもぷっくり丸みを帯びている。全身が大小の丸で構成されている人、それが蓮珠の同僚である黎令の副官何禅だった。

「なんと、皇后様は我が弟をご存じで！」

丸目って、見開いても大きな丸目になるだけで可愛らしい印象は変わらないなぁ……などと発見している場合ではなかった。

「それは失礼いたしました。行部は主上の直属の部署であるため、わたくしも部署の官吏の顔は知っておりまして……」

蓋頭の下で焦って言葉を費やす蓮珠とは逆に、何禅の兄だという男は、何度も頷く。

「何代も続く水運業ですので、幼い頃から船に乗せられて色々な場所に行きました。ですから、雲の上の方々が、官吏も商人も名前のない道具のように扱うのを幾度となく見てまいりました。なのに、皇后様は我が末弟の顔も名前もちゃんと覚えていらっしゃる。嬉しい限りです」

何禅の兄は大喜びだ。これは気まずい。

まあ、行部の同僚である自分の『何禅を知っている』は、だいぶズルい気もするが、実際のところ冬来は警備上必要な知識として、皇帝直属部署である行部の面々の名前と顔と役職と派閥と……とにかく色々覚えていらっしゃるので、威皇后が『何禅を知っている』

事実としてなら齟齬《そご》はないだろう。

「我ら兄弟は三つ子なのです。わたしが一応長子ということで家業を継ぎまして、二番目は栄秋で医者をしております。まあ、順番をつけるのもなんですが」

水運業に医者に官吏しかも文官。見た目は同じでも、中身はずいぶんと違うようだ。

「改めまして、何遼《かりょう》と申します」

おおらかな笑い声を響かせて何遼が跪礼する。続く四人の商人と挨拶を済ませたところで、蓮珠は、『さて、どうしようか』となった。そもそも彼らを紹介してもらうのは、西金からの避難民への支援物資調達のためだった。だが、いまこの大前提が崩れている。彼らに支援の必要はなく、支援物資の多くがどこかへ消えてしまったのだから。

「本日は西界を盛り立てる方々とお会いできて良かったです」

蓮珠としては、第二の目的であった皇后の後ろ盾となる商人を得ることに、話題を集中させるよりない。

「西界そのものは高大帝国時代から続く港と伺っております。その街がいかにして新興経済都市へと発展していったのでしょうか？」

「……さらに驚きました。皇后様は西界の歴史にご興味がおありで？」

不自然な話題だったろうか。蓮珠は少し考えてから応じた。

「商業というものにも土地ごとに、特色があります。特産品以外にも、どんな方面の取引に強い、もしくは逆に弱いと言った差があるもの。西界の発展の仕方にも、それは見えるものでしょうし、こうしてお話を重ねながら、そういった事情を知ることは、わたくしたちが今後の良き関係を築くにあたって必要なことだと思っております」

そこで区切ってから、蓮珠は小さく笑った。

「できないことは、そもそも頼まないというのが良い関係を築くために大事ではないでしょうか。頼まれたことに対して、『それはできない』と言わなければならないのは苦痛です。その苦痛は、強いる側が無知・無能であることに問題があると思いませんか？」

蓮珠は行部の官吏だ。行部の仕事は、国家行事における部署間の調整である。このとき、とても大切なことは、どこの部署がなにをしているか、なにができてなにができないのかを知っていること。それを知らなければ、正しい依頼はできない。上司曰く『ちゃんと頼めない奴が一番無能』とのこと。

「わたくしは、あなたがたと良き関係を築きたいと思っています。ですが、皇后という身分は、皆さんが思うほど自由ではありません。わたくしにできないことは、たくさんございますので、皆様のすべてのお願いに応じることはできません。また、主上におねだりなんてさせないでほしいのです」

「これは、予防線を張られましたな」

五人の中のまとめ役と見える老商人が破顔する。

「たしかに我々、皇后様と商人は、それぞれにできることとできないことを知っておく必要がございますな。我々西界の商人は、皇后様がお求めになるさまざまな商品をご提供いたします。その見返りとして『皇后御用達』の看板を得る。この看板が我々の商売を益々繁盛させてくれます。……では、我々が栄秋の商人とは違った意味で、その看板をいただくに値することを、皇后様に知っていただきましょう」

西金の件を彼らに急いで要請する必要がない以上、お互いを知ることから始めるのは悪い選択じゃないはずだ。蓮珠は、老商人の話を聞くべく、姿勢を正し頷いて見せた。

その蓮珠の横で、黙って聞いていた明賢がそっと呟いた。

「さすがです、義姉上。これは、僕がいなくても大丈夫だったかな」

どうやら、明賢は蓮珠の補助役のつもりで同席してくれていたらしい。とりあえず、大丈夫と言ってもらえたことを、喜ぶとしよう。

それにしても、西界の商人たちの目的がはっきりしていて、ありがたい。お互いに何が利点と思っているかを知っておくことも関係構築には大事だ。『皇后御用達』の看板を得ることで、彼らの商売は益々やりやすいものになるらしい。商人とは、そういう考え方を持っているのか。……官吏なんて、つねに皇帝・皇后の御用達だが、仕事がやりやすくなるとかないな。どちらかというと、大変な仕事が増える一方だ。自分なんて、皇后の影という究極の皇后御用達なわけだが、常に心臓に悪い状況しかない。利のあるなしは、身代金に関して、栄秋の商人たちと翔央が話し合いをした際にも出た言葉だったはず。ならば、この言葉は商人を理解するうえでとても大切な言葉なのだろう。

蓮珠は、『利のあるなし』という言葉を意識しようと決めたところで、ふと気づく。

杏花殿に出入りする商人たちにとって、難民支援はなんの利があるのだろう。すでに宮を掲げていない英芳相手の商売では御用達の看板は得られない。避難民への物資提供と言っても、その代金は英芳側で払っているわけだし、そのことは誰だってわかっている。英芳の評価が高くなることはあっても、それ自体が杏花殿に出入りする商人たちの利につながっている気がしない。いや、考え方が少し違うのかもしれない。杏花殿に出入りする商人たちは、なんらかの利があるから動いた。なら、その彼らの『利』とは、いったいなんだろうか。

一度気になりだすと、蓮珠の胸の中で、疑問は大きくなった。皇位継承権を剥奪され、宮を失い、かろうじて皇族の席を維持して、封土を与えられた英芳。その彼が商人に提示した利がなにか気になる。

「義姉上、どうなさいましたか？」

商人たちとの会談後、輿に揺られて皇城側に戻りながら、考え込んでいた蓮珠に明賢が声を掛けてきた。

「あ、いえ……少し考えごとをしておりました。えっと、すみません、なんの話をしていたのでしたっけ？」

蓮珠は思考を一旦止めて、隣の輿に乗る明賢のほうを見た。

「藍玉殿のことです」

「そうでした。琥珀殿と黒曜殿は、禁軍に同行したと伺いました。藍玉殿は、栄秋に残ったのですよね？」

山の民である藍玉は、相国の信頼を得るため、皇帝との謁見の際に、琥珀と黒曜を禁軍の道案内に差し出すと申し出たそうだ。彼らの知る道は地図にない。つまり、藍玉たちは相国に利を提示した。さらには、自らは雲鶴宮に留まることで、実質的には相国側の人質になった。

「先ほどの西堺の商人の話と同じです。彼女たちは、相国に利を提示してくれました。僕はそれに応えたいと考えています。ですから、僕だけでなく皇后である義姉上と彼女たちの縁も強くしていただきたいのです」

十歳に満たない明賢が、藍玉の味方であることを周囲に見せたとしても、彼の立場と年齢では年近い友人としての待遇しか与えられない。彼女たちに利する理由も、「ただ仲がいいから」と侮られてしまうこともあるだろう。

一方で、藍玉たちが相国から得たいものは、その後ろ盾だ。

だが、それを直接皇帝に頼んでしまえば、他国に対して、相国が中央地域への介入を始めたのだと認識されてしまう。しかし、皇后との縁であれば、話は別だ。威皇后は威国出身ということもあり、他国に対して、そこまで相国の野心を疑われない。さらに、本当の非常事態ともなれば、皇帝の援助を受けられる可能性も開けてくる。

「……義姉上は、藍玉殿の決断を、子どものしたことだと笑いますか？」

明賢の問いからは、皇后として藍玉の力になってほしいという願いの根底にあるものが垣間《かいま》見える。大人になると忘れてしまいがちだが、子どもは子どもなりに真剣に考えて、物事を決めている。藍玉が自ら人質となったことを、浅慮だなんて思わない。彼女は、集落のために、わずか二人の従者を連れて栄秋まで来た。相国内で山の民に厳しい視線が浴びせられたときも、あきらめずに宮城に向かった。考えていたからこその行動だ。

まだ成人していない、十代前半の少女であっても、自分の一生を決める決断を、自ら考えてしなければならないことはある。

十二歳の蓮珠も、そうだった。

故郷を、家族を失いながらも、幼い翠玉と二人、都にたどり着いた。これからどうやって、都で生きていくか。宮城の門を遠くに見つめ、翠玉の小さな手を握りながら、必死に考えた。

そして、宮城に背を向けた。翠玉と生きていくと決めた。

「笑いませんよ。……玉兎宮にお招きしましょう。白鷺宮様にお願いして、秋徳殿にお茶を淹《い》れていただきましょう」

「秋徳殿に！　それは、ぜひ僕も参加させてください」

無邪気な笑み、などと思わない。

お互い輿に乗って進みながらの会話だ。担ぎ手やお付きの太監、侍女たちに、今の会話は聞かれていることだろう。わざわざこの状況で頼みごとをしてくるあたり、明賢の年齢にそぐわない計略の手腕はかなりのものだ。太監らを通じて、皇后と雲鶴宮に滞在する少女との間に交流が生まれたと周囲にも知られることになる。

しかし、藍玉たちに対して、明賢はずいぶん親切である。はたして、この件について、この小さな天才は、なんらかの『利』を見込んでいるのだろうか。そんなことを思って、今一度隣の輿を見てみると……。

「ありがとうございます、義姉上。藍玉殿が喜びます！」

明賢の眩《まぶ》しい笑顔が蓮珠の目に飛び込んできた。蓮珠は『利』などというくだらない考えを捨てた。いま、明賢は藍玉に対して、この世でもっとも尊いもののひとつを育てているようだ。

悪くない――皇帝の末弟としてではなく、身近な少年として明賢に対してそう思う。

なぜだろうか、急に翔央の声が聞きたくなった。

夕刻の皇城内。蓮珠は、壁華殿に近い廊下を翔央と二人で歩いていた。御付きの太監も侍女もいつもより後ろをついてきている。

まだ春先の冷たい夜の大気が頬に触れた。

「そうか。明賢は、藍玉殿と皇后の縁を結びたがっているか。まあ、小紅様のご意向も多少あるんだろうな」

明賢との話に耳を傾けていた翔央が、そう話を結んだ。

「小紅様が？　なぜですか？」

「通常、皇帝に皇子が生まれれば、皇帝の兄弟に与えられていた宮の権限は停止される。皇帝の皇后へのお渡りがある以上、その日は遠くないかもしれない。この時、成人してすでに官位のひとつでも持っていればいいが、明賢の場合、年齢的に未成年のまま宮の権限停止を迎える可能性が高い。そうなったとき、皇城内に明賢の面倒を見てくれる後ろ盾があれば、少なくとも、雲鶴宮に住むことは許されるかもしれない。この後ろ盾には、同じく皇城を出ていく立場の飛燕宮や白鷺宮はなれない。そうなれば、頼れるのは、皇子が生まれても引き続き皇城内にいる皇妃になる。皇后はその筆頭だ。だから、なんであれ、明賢と皇后を近づけられる機会は利用したいだろう」

たしかに西堺商人の紹介については、小紅の思惑があっても不思議ではない。だが、藍玉の件については、明賢自身の意思なのではないだろうか。

だって、あんなに嬉しそうな顔で笑う明賢は、珍しい。周囲の大人の求める雲鶴宮を演じてばかりいる少年が、初めて見せてくれた計算のない笑みだったのに。

あの笑みを見て、翔央に会いたくなった自分が馬鹿みたいではないか。まったく……そんな考えが浮かぶこの人は、明賢くらいの頃に、どんな少年だったのだろう。

「どうした、威皇后？」

「いえ。……主上が雲鶴宮様のお年頃には、どんな風にお過ごしだったのか気になっただけです」

翔央は俯き、少し考えてから、首を振った。

「……あの年頃は、片割れと二人で生き抜くことしか考えていなかったな。母上の亡くなる少し前くらいの時期で、先帝が母上を立后するしないで朝議と対立していたから、俺たちもしょっちゅう死にそうな目に遭っていた」

予想外の重い過去に、蓮珠は息をのむ。

「それは……どうやって今まで生き延びたんですか？」

「後宮の奥に居たんだ。母上と俺たちが一緒にいると、皆殺しを狙われるからって、姉上……蟠桃公主の母后のところに五歳のころから預けられていた。表は危険だからと後宮から出してもらえなくて、それでも叡明と交代でちょこちょこ抜け出しては、春礼に取っ捕まって叱られていた」

抜け出して叱られる小さな翔央を想像すると顔がにやけそうになるが、『皆殺し』あたりがとにかく重い。

「そんなに狙われていたんですか？」

「ああ。先帝は母上だけを寵愛している状態だったから、ほかの皇子の派閥としては、なんとしても俺か片割れの立太子を阻止したかったんだろうな。まあ、それなりにひどい目に遭った」

翔央が当時を思い出すように目を閉じた。

蓮珠から見てもまっすぐな気性の翔央が、そんなに幼いころから何度も命を狙われていたなんて。その壮絶な過去に思いをはせるとともに、よく無事に大人になってくれたと翔央を生き延びさせたすべてに感謝したい思いになる。

目をつぶる翔央の顔に、後宮で必死に生き抜こうとする少年の面影を見つけようとして、蓮珠は彼を眺め入る。小柄な蓮珠と、長身の翔央なので、自然と廊下の屋根を見上げるような体勢になる。だから、廊下の屋根の一部がわずかに動くのに気づけた。

「主上っ！」

叫ぶと同時に蓮珠は翔央を突き飛ばした。不敬かどうかなど頭から吹き飛んでいた。その瞬間は、翔央を守ることしか考えられなかった。

突き飛ばした勢いで前のめりになった蓮珠の背を何かが通り過ぎた。

「主上！」

二人の後方にいた太監が叫び、侍女が悲鳴を上げた。

「うろたえるな。衛兵！」

翔央が蓮珠をすばやく抱えて、その場から後ろに飛んだ。

「おいおい、どこが元引きこもりだ。そんな動きじゃねえぞ、いまのは」

翔央の腕の中で、蓮珠はそんな悪態を耳にした。聴いたことのない男の声だ。同時に、氷の塊が近くにあるような冷たさを感じる。

「どこの者か？」

翔央の誰何《すいか》に応えることなく、背後から冷たい気配が消えた。

「主上！」

駆けよる衛兵に、よく通る声で翔央が命じた。

「逃げた。一人だ。こっちはいいから追え！」

静かだった廊下が一気に騒がしくなる。

翔央の手が蓮珠の背をそっと指先でたどった。

「……背中に」

衣の一部が切られ、背が見えてしまっているようだ。

「致命傷ではありません。ちょっと寒いですけど」

そう言った蓮珠に、翔央が着ていた褙子を脱いで、背が隠れるように肩にかけてくれる。

「ありがとうございます」

「礼を言うべきは俺のほうだ。お前のおかげで助かった」

翔央が背の傷に触れないように蓮珠を抱きしめた。

「なんなんでしょう、いまのは。……去り際、気配らしい気配はまったくなかったのに、あの声が聞こえた時だけ、氷の塊みたいな冷気を感じました」

蓮珠は話すことで、あとから湧いてきた恐怖をやり過ごそうとした。それを察してか、翔央の腕の力が少し強くなる。

「情けない。武官の癖に、敵に背後を取られて気づけないとは……」

翔央が耳元で呟いた。蓮珠はもぞもぞと動き、なんとか腕を広げると、翔央を抱き返した。

「翔央様も聞いたでしょう、あの悪態。……二撃目を許さず、撤退させたのは、間違いなく武官のあなたです。助けていただきました、ありがとうございます」

周囲をバタバタと人が行きかう中、蓮珠はそっと感謝を囁《ささや》いてから、安堵に意識を手放した。

第五章

趁火打劫

〔ちんかだごう〕

蓮珠が目を覚ますと、あたりは暗かった。何度か瞬きして見上げた天井は、玉兎宮のものではなかった。薄絹の天蓋の掛かっていない寝台に身を横たえていることに気づき、ようやく陶蓮が官吏居住区に賜った家の寝室だとわかる。

天井……そうだ、皇城の廊下の天井から誰かが襲ってきた。とっさに翔央を突き飛ばして、自分が背を負傷した。

「で、なんで、自宅？」

呟きに応えるように、どこからか声がした。

「お目覚めですか、蓮珠様」

「うわあぁ、お、お久しぶりです、白豹《はくひょう》さん」

けっして、姿を見せない陶家の家令白豹の声だった。

「はい、実にお久しぶりにございます。昨年末からずっとお帰りでなかったですから。さて、お目覚めにクコの実と鶏肉の粥《かゆ》などいかがでしょうか？」

言われて空腹を感じる。いいことだ。空腹を感じられるなら、体調はそこまで悪くないのだろう。

「いただきます。……ついでに状況を教えてください」

「かしこまりました。少々お待ちを」

白豹の声が遠ざかる。蓮珠は寝台の上で眉を寄せた。見えない誰かがいることに慣れてしまっている自分がいる。

同時に、襲われたときのことを思い出す。切りつけられ、背後に立たれたあの瞬間、とても冷たい空気を感じた。

「白豹さん……殺気って出せます？」

何気なく言ったのだが、次の瞬間、頬がピリピリして、上掛けから出していた腕全体が総毛立つ。呼吸が強制的に止められた。

「こんなものでしょうか？」

明るい声と同時に呪縛めいたものが解け、呼吸が再開する。

「あ、ありがとうございます……。すみません、変なお願いをしました。えっと、追加で変な質問をさせてください」

蓮珠は、呼吸を整えながら、目に見えぬ家令に尋ねた。

「それまで完璧に隠していた殺気を、失敗した後になって噴き上げるのって、どういう意図がありますか？」

すぐに答えはなく、コトンと小さな音がしたほうを見れば、近くの卓上に粥を入れた白い器が置かれていた。まったくどこに居るかを悟らせないのが、陶家の家令だった。

「少し考えさせていただきましたが、あり得るとしたら、殺すつもりだったという印象を与えるためでしょうね。印象付けるだけで、実際は殺す気がない場合に、そういうことをします。刺客をわざと逃がすときなんかにやりました。こちら側は余裕があり、いつでも殺せると示すことは、背後にいる者への警告などにも有効な手です」

白豹の回答に、やったことあるんだ……というツッコミを飲み込み、身体には粥を注ぎ込む。

「なるほど。失敗ではなくて、警告ですか」

「いえ、今回の件では当てはまりませんよ。逃がす側がやることで、逃げる側がやることではないです。負け惜しみみたいで格好つかないだけですよ、逃げる側がやると」

容赦ないダメ出しに、それもそうかと納得する。

「わかりました。……それで、今回の件は、どんな状況になっているんです？」

蓮珠は自分の疑問に関する話を切り、現状の把握を優先することにした。

「まず、先に申し上げます。蓮珠様は二日間、お眠りでした。刃に塗られていただろう毒の影響ですが、昏睡《こんすい》状態に陥っただけで、命の危険には至っておりませんでした」

二日間。その時間の重みに、蓮珠は上掛けを握る。

「襲われるも皇帝皇后共に無事であることを示すため、主上は蓮珠様に代えて、呉淑香様をお召しになりました」

　では、いま皇城で皇后の身代わりをしているのは淑香ということか。まだまだ新婚なのに、飛燕宮様に申し訳ない。

「捜査状況が難航と言いますか、迷走しております。……追った衛兵が、逃げる刺客の二の腕に布が巻かれていたと証言したことで、山の民の関与が疑われております」

　蓮珠はあやうく粥の器を落としそうになった。

「それは、藍玉殿が疑われているということですか？　ですが、あれは明らかに男性の声でした」

「従者のどちらかが、都に戻り、ことに及んだとの見方も朝議では出ていたようです」

　白豹の言い方で、少し冷静になる。

「出ていた……ということは、疑いは晴れているのですね？」

「いえ。少年従者ではなかった、というだけです。藍玉殿が……というより、山の民が関わっていることは、誰もが確信しております。二の腕に布を巻いておりましたから。ただ、暗かったので集落色までは確認できなかったそうです」

　二の腕に布、色が見えていればどこの集落の者かわかるのに。蓮珠は粥の器を睨んでそんなことを考えた。

「蓮珠様。まずは粥をお食べください。二日間身体を動かさなかったのです、どこかが鈍っているでしょうから。いまはとにかく回復です」

言われて匙《さじ》を動かす。クコの実の甘さが身体を癒していく。

「蓮珠様、しばしここを離れます。主上にお目覚めになられたことお伝えしてまいりますので」

言うとほぼ同時に気配が消える。

寝台から降りてみる。足が重い。これが二日間寝込んだ重みだ。二歩歩いたところで、部屋に翠玉が飛び込んできた。

「お姉ちゃん、目が覚めたって！　あ、何起きてんの、寝て寝て！」

さすが白豹。蓮珠がすぐに動き出すのを見越して、家を出る前に翠玉に声を掛けたらしい。

蓮珠は大人しく寝台に戻り、再び寝室の天井を見上げた。夜の遅い時間だ、玉兎宮の寝台には淑香が身を横たえているのだろうか。

「白豹さんは、時が来れば目が覚めるって言っていたけど、すごく不安だった。家に運ばれてきたときは、翔央様に掴みかかっちゃったよ」

寝台の近くに椅子を移動させながら翠玉が言った。

「ちょ、いまの話でお姉ちゃんの心臓止まりそうなんですけど……」

「大丈夫、李洸様も見なかったことにしてくれたから」

李洸もその場にいたなんて、本当に心臓が止まる……。蓮珠は若干意識を失いかけたが、続く翠玉の言葉に鼓動が大きく跳ねた。

「これで最後だって聞いた……。もうこんな危ないことにならないよね」

これで最後、確かにそういう話をしていた。目が覚めたが、二日間眠っていた身体は、一歩踏み出すのも重く感じられた。すぐに淑香と交代して、身代わりに復帰という話にはならないだろう。この状態で冬来が戻れば、それで終わる。でも、こんな終わり方でいいのだろうか。最後だから、二人が戻るまで、完璧にこなそうと、そう約束したのに。

「お姉ちゃん？」

「ごめんね、翠玉。……これで仕事終了じゃあ、素直に喜べない」

心の内を明かすと、翠玉がちょっと驚いた顔をしてから、笑った。

「お姉ちゃんて、本当に仕事人間だよね。そこは、翔央様のおそばにいたいからとかなんとか……になるんじゃないの？」

「うーん、それはもう前提なの。だって、このお仕事はあの方とともに在《あ》ることで成り立つものだから」

身代わりの最初から彼という皇帝がいた。翔央の隣にいて、彼を支えることが、この身代わり仕事の本質だと思う。だから、彼の傍にいられずに終わるのは違う気がする。

翔央はどうだろう。彼にとって身代わりは、相手が誰でもできる仕事なのだろうか。


夜更けの皇帝執務室は、緊迫していた。蓮珠が負傷した日の朝に出立した禁軍が、そろそろ西金に到着するはずだった。到着次第、軍用伝書鳥での通信が開始されることになっていた。軍用に訓練された特別な鳥で、二点間の往復ではなく、軍の移動先に戻ることができる。どこで偵察兵が失われているかわからないことから、張折は今回の連絡役として人を使うのはやめて、鳥を連れて行っていた。

「今日もなんとか乗り切れましたね」

李洸がやや疲れた表情で言った。翔央が本日最後の決裁書類の処理を終えて、目を閉じる。

「ああ、なんとかな。……これを担当部署に」

だが、差し出した書類を受け取る手はなかった。

「わたしでは、それは難しゅうございます」

呆れたように返したのは、臨時で皇后身代わりに入った呉淑香だった。

「申し訳ない、一日の終わりで少々気が緩んでいたようだ」

翔央は執務机の椅子を立つと、自ら決裁済み書類の山の一番上に置いた。

「こちらこそ申し訳ございません。彼女ほどお役に立てなくて。まさか、身代わりと同時に、これほど多くの仕事をしていたとは……」

淑香が肩を落とした。

彼女が以前臨時の皇后身代わりを務めたのは、皇后の姿で乗ってきた馬車を降りるというだけの、わずか一刻（二時間）程度のことだった。

それが今回は、すでに丸二日。その二日で、淑香だけでなく翔央、李洸に至るまで、全員が、蓮珠が皇后の身代わり以外にも、不慣れな翔央でも皇帝の執務が滞りなく進められるよう、きめ細かく働いていたことを知った。

「いえ、本当に呉氏様には申し訳なく。我々があまりにもあの方に甘えていたんです」

半ば泣きそうな声で、そう返したのは、本日の決裁済み書類仕分け担当の李洸の部下の一人だった。

「ありがたさに、めまいを覚える。陶姉妹にはなんかもっと国として報酬を与えても良いのではないかという気がしてきたぞ」

いまは翠玉も、姉の看病のため、この二日ほど登城していない。皇帝の代筆を行なう彼女の不在も大きく、書を得意とする翔央が、翠玉の書く御名筆跡を真似て署名を行なっているのだが、その量の多さに右手首が重くなってしまった。

「だいぶ書きなれた。これなら俺一人で精度のいい聖旨を出せるぞ」

「贋作師みたいなことを仰らないでください。……だいたい、今回で最後とお決めになったのでしょう？」

李洸にそれを言われ、翔央は押し黙った。

「わたしはそれで良いと思います。今回の件を考えても、本来いるべき方に城内に居ていただくのが最良です。冬来様であれば、刺客に襲われたとしても、攻撃を避けきった上に返り討ちにしてくださる気もしますし」

淑香の言葉に、翔央はますます押し黙る。

「まだ落ち込んでいらっしゃるんですか、主上？」

李洸の冷たい視線を身に受けながら、翔央は我が身の不甲斐なさに我慢できず、執務机に突っ伏した。

「……すべては俺の至らなさのせいだ。義姉上であれば、そもそも襲われる前に襲撃者の存在に気づいただろうな。……それ以前に、片割れが居れば、こんな事態になる前に解決していたはずだ。仕掛けた者は、きっと片割れとの頭脳戦を前提に今回のように入り組んだ策を練ったのだ、さぞかし肩透かしを食らったことだろう」

　幼い頃から幾度か入れ替わっては、周囲の大人たちを翻弄《ほんろう》してきたが、本格的に叡明の影として動くことになったのは、この半年程度のことだ。武官だった身に、政のあれやこれやを、朝議や執務室で詰めこんできたが、叡明に遠く及ばない。

「……つくづく、俺は皇帝の器じゃない」

「いえ、今回の件は、結果として相手を攪乱《かくらん》できたという可能性もございますよ」

　突如、どこからか声がした。淑香が驚き、悲鳴を上げそうになったのを、翔央は片手で制する。

「白豹か。なにごとだ？」

「我が家の主が目を覚まされました。二日分の身体の重さはあるようですが、言葉もはっきりしていらっしゃいましたし、思考のほうも問題ないようです。さっそく襲撃時に感じた疑問点についてお考えでした」

　安堵と同時に、頭痛がする。

「まったく、目が覚めるなりそれか……」

「さすがです。陶蓮殿もやはり疑問を感じられたのですね」

　李洸が眉を寄せる。白豹がこれに応じる。

「特に気にされていたのは、殺気を感じた瞬間のズレですね」

それは翔央も疑問だった。李洸とこの件で話し合ったほどだ。だが、確証はない。

「そのことと、問題なく蓮珠が目を覚ました件は関連していると俺は思う」

「後遺症もないということは、使われたのは本当に眠らせるためだけのものだったわけですよね。……皇城に潜入してまで、やったことにしては甘いですね」

建国当時からの重臣だった呉家の娘として、淑香は政治の裏もよくわかっている。今回の件、当初は誰もが毒を塗った刃による暗殺を疑っていたのだが、医官の最高位にある女医の豊太《ほうたい》医丞《いじょう》の確認でも、眠らせる薬だとしか確認できなかった。

「秀敬様は、狙われたのが主上なら、主上を数日間だけ眠らせることに意味があったのだろうと仰っていました。逆に言うと、相手は主上が亡くなられては困る者だとも」

淑香に協力を求めた以上は、現状を秀敬に話す必要があった。秀敬は秀敬で、兄弟のなかで一番長く政の裏側を見ている。特に長子でありながら、皇位継承を放棄するに至るまで、色々ともめたというから、経験上の見解というのもあるようだ。

「……眠らせておく意味に心当たりはある。今上帝の『影』を確実に退かすことだ。本命が表に出ていないなら、引きずり出そうと考えた者がいる、と俺は思っている」

自分たちは双子で、皇帝と武官という居場所の違いから同じ場所に並び立つことが少なかった。入れ替わる余地はいくらでもある。

　皇帝が『影』を持つことは、昔からよくあるのだと叡明が言っていた。ならば、双子である翔央が叡明の『影』として表に出ているのではないかと疑っている者が居てもおかしくはない。これは、この身代わりがバレているというより、常に『影』のほうを表に出していて、叡明はいまも引きこもったまま、裏から政を動かしていると思われている可能性があるということだ。

「叡明は、長く引きこもり皇子だった。二年半前の即位で突如表に出てきたわりに、人前に出ることに慣れていると思う者はいただろう」

　ただ同時に、いくら同じ顔をしていても、武官なんぞをやっている双子の弟に、天才的頭脳で知られる今上帝の『影』ができるわけがない、そう思って翔央の身代わりを否定していたはずだ。

「おそらく、この半年で翔央様の評価が変わったことが原因では？　英芳様から引き継いだ皇城司統括を、廂軍《しょうぐん》（地方軍）統括と兼任でこなされておりますから」

　李洸の指摘に、翔央はやはり身代わりは潮時だなという思いを強くした。

「とにかく、だ。この緊急時に皇帝を眠らせておくわけにいかない。皇后でさえ、寝てもらっていては困るぐらいだからな。これで、表に出ているのが『影』であるなら、襲撃後には確実に寝ているはずの皇帝が出てくる。それも仕掛けた者にとって、本来狙うべき本物のほうが、な」

　だが、相手の狙い通りにはいかず、倒れたのは皇后のほうだった。

「そうなると、皇后の身代わりの件は、狙った者にバレたということですね」

　淑香の指摘に翔央は重く頷いた。

「蓮珠が昏睡してすぐの時点では、まさか眠らせるためだけの襲撃だったとは、誰にもわからなかった。それ故に臨時の身代わりを頼んだんだが……。さて、襲撃者にとってこの情報はどれほどの価値があるものかな」

　そこまで口にしてから、どこというわけではないが、翔央は声を掛けた。

「白豹、先ほど言っていた『攪乱』ってなんだ？」

　白豹は『結果として相手を攪乱できた』と言った。それについて問うと、しみじみと見えぬ者が返す。

「我が家の主は、つくづく強運持ちです。皇帝が皇帝でない確証が得られなかったが、皇后の身代わりは確定しました。皇帝皇后の両方が『影』というのは、なかなかございません。そうなると、狙ってきた者は、皇帝は本物と考えざるを得なくなる。また、皇后まで、なぜ『影』を持っているかということの意味を考えずにはいられない。……これは、意図せずに相手を悩ませることになったのではないかと思います」

白豹の声は楽しそうだ。李洸の部下が素直に感心する。

「陶蓮殿の才能ですね。歩いていると道案内できる人物に遭遇し、人ひとりをとっさに助けたつもりが大きな企てを攪乱することになるのですから。いやぁ、一官吏で終わるには惜しい才です」

「あんなに官吏らしい官吏もいないと思うが？」

翔央は、蓮珠の役人としての才を評価しているので、そんなことを言ってみた。李洸の部下が、それはそうですけど、と笑うのを見て、ふと思い出す。後宮の管理側の長である高勢《こうせい》も、蓮珠を皇妃の才ありと評価していた。

「……李洸は、どう見る？」

ちょっとした興味から、尋ねてみた。だが、彼は、翔央が思っていたのとは違う答えを返した。

「小官は、その彼女を見出した翔央様に、才を感じます。あなたはあなたに必要な者を引き寄せる才がおありだ」

李洸の評価は意外だった。翔央は、そこまでの評価を、この若き天才丞相からもらうとは思っていなかった。どう返せばいいのか、すぐにはわからなくて、それでも言うべきと思って口にした。

「……あのな、俺に必要な者の筆頭は、お前だと思うぞ、李洸」

糸目ゆえに常に笑顔なようでその実笑顔じゃない丞相は、口元のあたりをぴくぴくさせていた。これはどういう感情ゆえの表情かを考えていると、白豹が、ため息交じりに言った。

「李丞相に賛同します。必要な者を引き寄せる才がおありのようですね」

「ん～、それってなんか他力本願の才のような……複雑な気分になるな」

そうぼやいた翔央は、李洸が言う『翔央が引き寄せた必要な者』に、蓮珠の顔を思い浮かべる。

彼女の才が、身代わりなんてことを提案するような男を引き寄せたのか、それとも、自分に必要な者を引き寄せるという翔央の才が蓮珠に遭遇させたのか。

わかるのは、蓮珠が自分にとって必要な者というのは当たっていることだ。

「必要なのに、必要だから……近くに居られない」

目が覚めた彼女に、今すぐに会いに行きたい。だが、その気持ちを行動に移すわけにはいかない。そんなことをすれば、今もどこかで皇帝を狙っているだろう誰かをも、彼女に近づけることになってしまうからだ。

いまの翔央の側《そば》には、叡明も、蓮珠もいない。

……かつて共にいてほしいと願った母も、双子を残して逝ってしまった。

李洸は翔央が「必要な者を引き寄せる才をもつ」といったが、翔央の認識では逆だ。たしかに、必要な者は翔央に一度は引き寄せられるのかもしれない。しかし、彼らはいつのまにか消えてしまう。

「蓮珠、お前だけは、離れてくれるなよ……」

誰にも聞こえないようにつぶやいて、翔央は執務室の西の扉を見つめる。蓮珠の住まいのある官吏居住区は、宮城から見て西にある。

大切な彼女を思いながら、そっと佩玉に触れる。蓮珠と交換した金剛石の硬くひんやりした感触がした。


くちゅん、とクシャミが出て目が覚めた。月も傾いてきた、夜風が寒かったのかもしれない。蓮珠は上掛けを肩の上まで改めて引き上げた。

「寒いの？　わたしの上掛け使う？」

見れば、翠玉はまだ蓮珠の寝台のそばに置いた椅子に腰かけていた。

「大丈夫、どっかで噂でもされているんでしょ。……翠玉こそ、まだ夜は冷えるのに、そんな恰好で一晩中過ごすつもり？　風邪ひくわ」

部屋に戻るように促すも、翠玉は俯いてから、小さな声で言った。

「一緒にいようよ、お姉ちゃん。……白豹さんはまだ帰ってないし」

蓮珠は昔から甘える翠玉に弱い。

「た、たしかに、白豹さんが戻らないのに離れるのは、よくないか」

蓮珠は少し考えてから、福田院時代にそうしていたように、姉妹で一つの寝台に収まった。倒れていたのは刃に塗られていた薬によるもので、病ではない。一緒に寝ていても問題はないはずだ。

「蹴りださないでね」

「蹴りだしはしないよ！　……でも、押し出す可能性がなくもないから、寝台にしがみついていてね、お姉ちゃん」

本人認識では『ちょっとだけ』だが、蓮珠としては『かなり』をつけて、翠玉の寝相はよろしくない。

「夜着じゃないけどいっか。佩玉は外さないと……」

いそいそと姉と同じ寝台で寝る準備を整える彼女に、蓮珠は手を伸ばした。

「佩玉、こっちの枕元に置くよ。翠玉のそばだと手で払い落としそう。……翠玉にとってすごく大事なものだから、預かる」

「お姉ちゃん、ずっと前にも同じことを言っていたね、この佩玉が、わたしにとってすごく大切なものだって」

「そりゃあねぇ。これだけだから……翠玉が白渓から持ってきたもので、手元に残っているのは」

着の身着のままで邑から逃げて、道端で倒れているところを救われて栄秋まで来た。だから、翠玉の出自を証明するものは、もうこの佩玉の赤翡翠だけしかないのだ。

「翠玉を今日まで守ってくれた石だよ、大事にしなきゃ」

「これがお守りになる石なんだっけ？」

蓮珠に手渡す前に、翠玉が自分の手にある佩玉を見つめなおしている。

「そうだよ。赤翡翠はおかあさんの形見だから、大事にしないと」

蓮珠は翔央から聞いた赤翡翠の話を思い出しながら言った。

「んー、なんで、お姉ちゃんの佩玉にはついていないの？　中央の玉環以外は、みんな同じ石なのに……ん？　お姉ちゃんの佩玉、石が変わっている！」

どう答えようと考える前に、枕元に置いてある蓮珠の佩玉を見て、翠玉が叫んだ。うまい具合に違う話になったと安堵した蓮珠は、隠すことなく言った。

「これは、翔央様と石を交換したものなの」

「石の交換！　……お姉ちゃん、くわしく！」

翠玉の目が、薄暗がりの部屋の中でらんらんと光っている。

これは朝まで話をすることになりそうだ。二日間寝ていたので、確かに寝足りてはいるが、一応看病される側なのに……。蓮珠は、ため息が出た。


蓮珠が目を覚ました翌朝、体力を戻すべく自宅の院子《いんし》（中庭）を歩いているとき、外にいるのに上のほうから白豹の声がした。

「蓮珠様。今度は後宮に襲撃者が出たようです」

聞けば、今回襲撃者が現れたのは玉兎宮だという。

「淑香様は、ご無事？」

「ええ。秋徳殿が付き添っておりましたので、指先さえ触れさせることなく、取り押さえました。ただし、襲撃者はその場で自害してしまい、詳細は不明とのことです。どうも、山の民を名乗っていたらしいのですが、特に集落色を示すものを持ってはいなかったそうです。まあ、単なる布は腕に巻いていたそうなのですが」

山の民を偽装したということになる。

「……ん？　おかしくないですか？　自害したんですよね？」

「よい感覚をお持ちですね、蓮珠様。はい、これは、おかしい話です」

蓮珠の頭上で小さく拍手がした。

「ですよね。……暗殺者が自害するのは、ふつうどこの者か、誰が雇い主なのかを知られないためですよね。せっかく山の民を装っていたのに、自害して偽装がバレてしまうのでは意味がないじゃないですか」

言いながら蓮珠は、院子から室内に戻った。身支度を整え、登城するためだった。

「失敗して自害したってことは、この前の者とも違いますね。ん〜、なぜ、いま、それをしたんですかね？　西金を占領している山の民が、わざわざ一人を都に向かわせて、皇后を襲ったところで、なんの利もない。だから、西金を占領している山の民のせいにできないじゃないですか……」

蓮珠に合わせて、今度は室内のどこからか白豹の声がする。

「おりますでしょう。別の山の民が皇城内に」

指摘に蓮珠は足を止めた。

「では、藍玉さんたちを疑わせるために？　それこそ、なんのために……」

「おそらく、なんのためになのかは、これからすぐに明らかになるでしょう。前回の件と違い、今回はあからさまで、目的もはっきりしすぎている。李洸様は、今回は計画者が違う可能性が高いと仰ってました」

李洸の言っていることだ、恐らく当たりだろう。だが、一回の襲撃ぐらいで、人目をそちらに向けさせられるのだろうか。

「李洸様がその考えに至ったのは、もうひとつ、お話が続くからです」

話を区切った白豹が、静かな声で告げた。

「実は、同時刻に杏花殿にも襲撃者が出て、余氏様が負傷されたそうです」

蓮珠は登城準備の手を止めた。

襲われた皇后の元へ見舞いに行って、同じく襲われた杏花殿の余氏様に見舞いをしないというのは、一官吏といえどもよくないだろう。だが、蓮珠が余氏に会ってしまえば、ややこしいことになる。蓮珠は威妃の身代わり時に、その顔を見られているからだ。

「その件で、英芳様がお怒りになり、執務室に怒鳴り込みにいらしてます。なので、そちらが落ち着くまでは、回復されても登城しないように、というのが、李洸様からの伝言です」

白豹がしれっと李洸の伝言を口にした。

「……もっと早く登城準備を止めてくださいよ」

「すみません。蓮珠様はどうお考えになるか、お聞きしたかったので」

蓮珠は改めて家の奥へと入り、居間の長椅子に腰を下ろした。

「白豹さん、お茶をお願いします。これからじっくり考えたいので」

了承の返事を残し、彼の気配が遠くなる。

「藍玉殿……」

英芳は自分のものだと思っているものに手を出されるのを嫌う。その件で主上が動かないなら、自ら怒鳴りこみに行く人だ。最初の身代わりのとき、余氏の侍女が亡くなった、その件でも皇帝（といっても、身代わりの翔央だったが）のところに怒鳴り込みに来た。あの件での真犯人は、呉然だった。

では、今度は、だれが杏花殿にいる余氏を襲わせたのだろう？

杏花殿に商人が通っていると耳にしたときも似たようなことを考えた。いま、英芳たちに協力することに、どんな利があるのだろうか、と。

「もしかして、『利があるとしたら』が違っている？　英芳様が商人に提示した利は、これから用意されるものであって、今はまだ存在しないから、わたしたちの目を誤魔化せているとか？」

ならば、利が生じるのは、この怒鳴り込みからだ。そこで英芳が、なにを主張するか。

どんな話を突きつけてくるか。

「それが英芳様の目的なら、少なくとも今回の襲撃は……」

蓮珠は、首を振った。

英芳がすべての筋書きに関与しているとは思えない。今回は、実際に余氏が怪我をしている。「身内に甘い」英芳の策略とは思えなかった。

考えれば考えるほど、謎が深まっていく。


「……白豹さん、おとなしく家にいますから、執務室の話を聞いてきてくれますか？」

自分で動けないなら、白豹のような者に動いてもらうのが、たぶん正しい。蓮珠は、お茶の置かれた卓を見つめながら、部屋のどこかに声を掛けた。

「いいですね、蓮珠様。だいぶ、自分の使い方に慣れたようだ」

そんな言葉のあとで、目に見えぬ家令の気配が消えた。遠くなったのではなく、消えたのだ。

「いや、こういうの、本当に慣れないんですけど……」

蓮珠は寒気を紛らすために、家令が淹れてくれた茶を飲むことにした。湯気立つ茶器に触れても、指先の冷たさはなかなか温まりそうになかった。

皇城内の東景園《とうけいえん》にある杏花殿は、迎賓館としての役割を持ち、国賓が心地よく過ごせるように、内装が充実している。春節から数日後よりここに滞在しているのは、本来なら都自体に入ってはならないはずの、皇族としての権限をことごとく失った元鶯鳴宮英芳だった。

帰京後からの西金避難民支援が高く評価され、宮城内でも英芳への賛辞が話題に上ることが増えている。そのため、彼の正妃である余氏が杏花殿で山の民と思われる者に襲撃されたという話は、わずか半日で宮城中の者が知るところとなった。

「どういたしましょうか、主上」

皇帝執務室を一番に訪ねてきたのは、臨時の皇后身代わりである飛燕宮妃呉淑香だった。皇后として余氏の見舞いに行くべきだが、余氏は淑香の顔を知っている。

「見舞いに直接行く必要はない。李洸、すぐに高勢を通じ、襲撃の件が片付くまで、後宮の皇妃は自身の宮にて過ごすように通達を出せ」

誰もが危ないのだから見舞いに行っている場合じゃないということにしようという提案である。

「あちらは、今回の件を利用して皇后が身代わりという確証を得ようとしているのかもしれない。それに乗ってやる必要はない。こちらこそ、この状況を最大限利用させてもらうとしよう」

翔央は言い終えると、淑香に、すぐに玉兎宮へ戻るように言った。

「見舞いが来ないと知れば、英芳兄上はすぐにこちらへ怒鳴り込んでくるはずだ。最近では、ここに皇后がいることが多いからな。怒鳴りついでに皇后に掴みかかりかねない人だ」

頷いた淑香が、李洸の部下の案内で璧華殿の裏門から出たのとほぼ同時に、璧華殿正門から英芳が入ってきた。

「文弱、どうなっている！」

第一声で、皇帝を『文弱』呼ばわりだ。翔央は李洸と目で合図を交わすと、執務机の上の物を払い落とされることがないように、執務机より前に出て英芳を迎えた。

「ここは朝堂に次ぐ政の中枢、権限のない者が入っていい場所ではございません。話があるというのなら、別の部屋に場を用意しましょう」

叡明らしく、冷淡に兄の言葉をはねのけて、執務室を出る。

璧華殿は、即位前の叡明が喜鵲宮《きじゃくきゅう》と呼ばれていたころに書斎として使っていた場所だった。基本的に人を迎えるようにはできていない。喜鵲宮だったころ、絶賛引きこもり中だった叡明が書斎に積み上げた貴重な本に人を近づけないために、客間として使っていた部屋がある。翔央はそこに茶を用意させていた。

「ずいぶんと用意がいいじゃねえか」

英芳が鼻を鳴らす。

「英芳兄上がいらっしゃるだろうことは、予測済みでしたから」

叡明ならこの程度の先読みはする。それは、英芳にとっても当たり前のことのようで、不機嫌を隠さぬ顔で、どかっと椅子に腰かけた。

「だったら、用件もわかってんだろ。……明々のところにいる山の民の娘、あいつが手引きしたんだろう。皇城司に行かせた」

「皇城司は、すでにあなたの手足ではありません。統括は白鷺宮の管轄です」

「あいつ、宮城に居ねえじゃねえか。禁軍と一緒に西金だろう？　岩や倒木で街道がふさがれているなら、退かすのは工役担当の廂軍の奴らだ。そっちの統括で手一杯だろうから、俺が代わってやるんだよ」

むしろ都のことで手一杯なんだが、と内心で呟きつつ、翔央は先ほど李洸に頼んでおいた用件を口にする。

「皇城司を動かす必要はありません。山の民の娘に関しては、栄秋府に引き渡しました。

宮城内で起きた事件は、公正を期すために朝議の派閥影響の外にある栄秋府に委ねることになっておりますので」

「は？　聞いてないぞ！」

「聞かれてないですから。地方から始めた改革は、秋ごろから順次中央でも進めています。ほかにも英芳兄上が都を去られてから変わったことはいくつもありますよ。例えば……」

言いかけた翔央を英芳が止めた。思い通りにならなくなったことなど聞きたくもないということだろう。

「もういい。……栄秋府って、欧閃《おうせん》か。あいつ、お前ら双子の子飼いじゃねぇか」

「訂正を。幼馴染ですよ。あれは、我々が何か言ったところで、自分で決める男です。周囲が誰にどんな評価を下していようと、自分で評価し、判断できる男ですよ」

だからこそ、英芳に忖度《そんたく》する皇城司に任せるわけにいかない藍玉も、欧閃のいる栄秋府にならば任せることができるのだ。日々にことが起こりすぎていて、事前の根回しなどどこの部署にもできやしない中で、唯一根回しなどしなくても、その決定を信頼できるのが栄秋府の欧閃だ。

「ふん。なんだ、文弱、お前子飼いの一人もいねえのかよ。あのひょろっこい若輩丞相ぐらいか」

小馬鹿にする表情を見ながら、この人は誰に対しても悪く言わないと気が済まないんだろうか、と呆れる。

「皮肉を聞いているほど暇ではありません。璧華殿まで来た用件は済んだのですから、お戻りください。そうそう、余氏様に、お大事にとお伝えください」

翔央は話を切り上げて、英芳を残してさっさと璧華殿へと戻っていく。呼び止める声はない。あちらも一応用件は済んだということでいいのだろう。


夕刻、西金にいる張折からの報せを受け取った翔央は、早めに政務を上がり、金烏宮の長椅子で身体を休めていた。武官訓練の賜物で翔央はどこででも寝られる。だが、いまはいつでも目が覚める状態にしておきたいので、逆に寝台で深く寝てしまわないよう、ずっと長椅子での仮眠が続いていた。

常に起きられるような浅い眠りと知っていても、白染は慎重に声を掛けてきた。

「……主上、お休みのところ申し訳ございません。英芳様がいらしておりますが？」

「英芳兄上が？　いまさら昼間の話の続きか？」

身を起こした翔央は、金烏宮の中庭に面した一室に席を設けるように指示を出して、寝乱れた衣服を改めた。

まだ春節の終わりを告げる元宵節前、春浅い夜に扉という扉を全開にして、どの方向の景色も楽しめるようにした部屋は、その実、どの方向からも主上の警備が部屋の様子を見張れるという理由もあった。

「どうされました？」

「桂秋《けいしゅう》のいい酒が手に入ったから、届けに来た。本当はお前の片割れあたりと飲みてえが、都に居ねえから、お前が代理な。秀敬兄上は酒を好まねえし、明々にはまだ早い」

言いながら卓の上に置いたのは、白磁の角瓶に入った酒だった。

桂秋といえば、蓮珠のいまはなき故郷白渓と同じ相国北東部地方虎麓路にある監《かん》（塩の産地、鉱山、工場などの多数の労働者が集まる、中央政府直属の場所）だ。北方の沿岸部は塩づくりで有名で、近くの山からの水は大陸三大名水に数えられるという土地で、この土地の豊かさを狙って威が長年国境戦争を仕掛けていた。

「威との戦争が終結して、酒造りがままならなかった酒坊（醸造所）も再開されたそうだ。これは、そこの五年物。つまり終戦の年に作って眠らせていた酒だな」

酒器に注がれた酒は、無色透明の白酒の類だった。雑穀から作る蒸留酒で、酒としては強めだ。本来は長期熟成させたまろやかな口当たりが特徴だが、飲んだ感じでは、まだ熟成不足という印象だった。

「五年じゃ若いが、まああの地方で五年物ができたことを喜ぼうぜ」

英芳に言われて、うなずく。酒を飲んでいると、どうしても蓮珠を思い出す。故郷に近い場所の酒だ、喜ぶかもしれない。身の回りが落ち着いたら、自分でも取り寄せてみようか……などと考えていると、英芳が「静かに飲むんだな」と笑う。

「いい酒なら、言葉を費やすより味わうべきでは？」

「違いねえ。……でも、多少話はさせてもらうぜ」

英芳は、酒器の残りを一気に飲み干すと、翔央の目を見て言った。

「俺は自分のものに手を出されるのが大嫌いだ」

酔っている顔ではない。本音を口にした顔に、翔央は頷いた。

「知っております。……昔から英芳兄上はそうでしたから」

応じた言葉に、英芳が眉を寄せる。

「だから、栄秋府の緩さに腹が立つ。それだけじゃねえ、山の民なんぞに好き勝手させている、お前にもムカつく」

兄でなければ、不敬罪ですでに牢獄の中だな、と思う言葉が続く。

「そろそろ春節が終わるぞ。西金の解放に消極的すぎだろ？　さっさとやることやらねえなら、俺に行かせろ。皇帝代理として西金に行って、山の民を徹底追撃してやる。二度と、相国に手を出す気にならねえよう、徹底的にな」

そこまで言って区切ると、英芳は自ら酒器に二杯目の酒をなみなみと注いだ。

「山の民をつけ上がらせないために、西金を占領した奴らは見せしめとして皆殺しにすべきだ。山賊稼業より身代金要求のほうが割がいいと思わせたら、これからもやるだろう。それを許すわけにはいかねえ、違うか？」

後半の考えは、翔央にもわかる。身代金要求を『稼業』にさせてはならない。だが、『だから、今回の身代金請求には応じないし、人質の存在は無視して、山の民を皆殺しにすればいい。それをもって、ほかの集落への見せしめにすればいい』などとは、ならないし、なれない。

翔央は佩玉の赤翡翠に触れた。

「おいこら、文弱。片手だけ卓の下とか行儀悪いぞ。なにやってんだよ……って、なんだ佩玉か」

多方面に傍若無人で知られる英芳だが、皇子育ちなので意外にも行儀にはうるさい。

「すみません。西金の話が出たので、つい片割れのことを考えて……」

隠すのもおかしいと思い、玉帯から外した佩玉を卓上に置いた。

「うちの系列なのに赤い石かよ」

「赤翡翠です。……赤なのは、母の形見だからです。翡翠は魔除けにも厄除けにもなるらしくて、最後に話したときに渡されました」

英芳はしばらく黙って、卓上の翔央の佩玉を眺めていた。

「へえ。俺なんて、まだ二人とも存命だから、もらった石とかねえな」

英芳はそう言って、自分の佩玉をひょいと持ち上げて眺めるも、面白くなさそうに手放した。

「佩玉は身分証明だもんな。そこに結ぶ玉石に出自が見えるってのは、普通のことっちゃあ、普通のことか。誰が考えたんだか、腰にこんなデカいもんぶら下げようなんて。邪魔くせーっての」

佩玉を嫌うような発言に、翔央は小首を傾げた。

「そうですか？　兄上だって大事にしていたじゃないですか。ほら、いまの明賢より幼い頃に片割れと二人で引っ張ってしまって、紐が切れたことありましたよね。あのとき、すごく怒って、大切なものなんだから飛び散った石全部探し出せって怒鳴られましたよ」

その後、広い庭で暗くなるまで小さな玉を探した。あれ以来、佩玉を引っ張るのは良くないことだと覚え、自分のもの以外の佩玉には触れないよう気をつけている。

「あの頃は、英芳兄上の後ろを追いかけてばかりいましたね。年齢差も関係なしで容赦なく走るから、手を伸ばして届くのが佩玉ぐらいだったんですけど……」

「いや、お前、あの佩玉は、皇太后様からもらったやつだったんだぜ。そりゃあ、必死にもなるだろう」

幼い頃の話で皇太后と言われるのは、先代の皇太后で翔央の祖母にあたる人物だ。いまとなっては、祖廟に祀られている方だが、幼い頃は存命で、かつ兄弟全員にとって怖い人だった。大変ふくよかで存在感があり、ただ目の前にいるだけで逃げ出したくなるような人だった。もっとも逃げ出すなら死を覚悟する必要がある。これは、象徴的な意味ではなく、物理的な意味で、だ。

父帝の兄弟のうち、数人は確実にこの皇太后によって死を賜った。

皇太后位には実家である呉家の後ろ盾あって皇后になり、皇太后にもなったが、本人は皇帝の子を産まなかった。同時に、多くの皇妃に皇帝の子を産ませなかった人でもある。

皇位継承順位が低かった先帝が即位するに至ったのは、この呉皇太后が、先帝よりも上にいた皇子たちを消していったからだった。

多くの惨劇の現場となった秋宮は、いまでも後宮に取り壊されぬまま残っている。翔央もかつて蓮珠と一緒に呉然に誘い込まれ、危うく死にかけた。

「それは……必死になりますね」

「だろう？　……結局玉石がひとつ見つからなくて、皇太后様の前で母上と一緒に数刻叩頭したんだからな」

思い出したくもない。そんな顔で語る兄を見ていて、翔央は余計に幼い日のことが懐かしく思い出された。

「何度かは一緒に怒られましたよ。……庭木を登って、宮の壁越えをしたときとか」

自分たちの代は父帝に皇妃が少なく、兄弟も少ない。かといって、なんの争いもなかったわけでもなく、やはり後宮は殺伐《さつばつ》としていて、とくに華国の血が入っている自分たち双子の周辺はいつも不穏な緊張感に満ちていた。

ただ、大人同士のいがみ合いに反して、母親は違えど兄弟たちは親密な時間を過ごすことも多かった。英芳からは、主に世話役の太監たちが嘆くようなやんちゃを教えられたのをよく覚えている。

「あー、そんなこともあったな。ガキの悪戯《いたずら》の類は、だいたい俺がお前らに仕込んだんだもんなぁ」

「そうですよ。……覚えていますよ、最初に壁越えできるようになったときのこと。英芳兄上が『これでなんかあったときは、逃げられるようになったな』って言っていた」

叡明と二人で、英芳のあとに従い庭木を必死に登って、宮の壁の屋根上に立った。

先に屋根上で待っていた英芳が満足げにうなずいて、吸い込まれるような青空を背にしていたのだろう。「これで逃げられる」と笑ったのだ。兄は兄なりに、自分よりも幼い弟たちのことを気にしていたのだろう。皇城で生き抜く術《すべ》を、自分たちに教えてくれるつもりでいたようだった。

まだ、学問を始める前の、いまの明賢より幼かった日々のことだ。

英芳に家庭教師がついた頃から、少しずつ兄弟間の交流はなくなっていった。子どもの教師選びには、母后の実家の意向が強く働く。帝位にこだわる孟家出身の母后をもつ英芳は、ほかの兄弟を押しのけて帝位に就く考え方を急速に刷り込まれていった。

いつも後ろをついて回っていた弟たちを、表面上は乱暴に、でも案外面倒見よくかまってくれた兄。なぜ自分たち兄弟は、あの頃のままでいられなかったのだろう。

「はんっ。お前から『宮の壁を越えても皇城から逃げたことになりませんよ』とか、くそ生意気な返しを食らったけどな」

英芳が憎々し気に返す。たしかにあれは叡明らしい返答だった。しかし、これは自分が謝ったほうがよいのだろうか。いや、やはり叡明らしく答えるとしよう。

「……あのときは、壁を越えた通路のほうに、すでに太監たちが降りてくるのを待っていたので、いざというときも、これだけじゃあ逃げようがないなと思ったんですよ」

当時の叡明の考えをあとで聞いたとき、たしか、そんなようなことを言っていた。しかし、英芳の追撃は終わらない。

「あげく、お前の片割れが『屋根伝いに走って逃げればいい』なんて抜かしたと思ったら、本当に屋根上を走り出しやがって。そのせいで皇城中が大騒ぎになったから、呉皇太后の前に連座させられたんじゃねえか」

最終的に怒られたのは自分のせいだったことを思い出し、翔央は最初から素直に謝れば良かったと内心反省した。

新たな酒を飲み干した英芳が、酒器の底を眺めている。なにか模様がある酒器だったかと、翔央は自分の酒器の底を見たが、残り酒の奥に白磁のしっとりとした肌目があるだけで、なにが見えるということもなかった。

「……秀敬兄上は昔から書画の話ばかりだった。お前は史跡の話を始めると長くて、翔央は飽きもせず碁《ご》の勝負を仕掛けてくる。ついでを言えば彩葵《さいき》は、甘ったるい物語に夢中だった。俺たち兄弟の興味はバラバラで、話が合いやしないよな」

彩葵とは、威国へ嫁いだ蟠桃《ばんとう》公主の名だ。英芳と彩葵の二人はわずか三日違いで生まれ、歩きはじめから文字の読み書きまで、なにかにつけてどっちが先にできるかを争っていたので、お互いに相手を話題にするときは、だいたい相手に対して悪態をついている。ただし、決定的に仲が悪いわけではない。いわゆる子どもの喧嘩の延長線だ。

「父上の寵愛が朱妃にだけ注がれた。そのせいで、秀敬兄上の母や彩葵の母を実家の力で退けて自分が皇后になるのだと思っていたうちの母上は、俺を皇帝にして自分が皇太后になることだけを望み、毎日のように『あなたこそが皇帝になる唯一にして特別な存在だ』なんて言ってた。……まるで呪いのようだった。あの頃、宮の壁を越えて逃げたかったのは、きっと俺自身だ」

じっとりとした沈黙が、二人の間に漂った。部屋の灯りが作る陰影が、英芳の顔半分に影を落とす。

影の落ちた顔の中、空洞のように空いてみえる英芳の目が、翔央のほうにジーっと向けられる。

「お前ら双子は本当に昔から同じ顔だな。こうしていても、お前なんだか片割れなんだか、俺にはわかりゃしねえ。でもって、明々も同じように華国の血が入っているせいか、見た目もよく似ていて、いかにも兄弟って感じだよな」

双子と明賢が似ているのは、そもそも父帝が、朱皇太后に似ているという理由で小紅を後宮に迎えたことにも理由があるのではないだろうか。異母兄弟ではあるが、母親が似ているのだから、自分たちが似ているのも、当たり前といえば当たり前だ。

そのあとも、英芳は指折り数えながら、『蟠桃公主は妹だから多少系統が違うのはやむなし。秀敬はその立場が残念なくらい先帝に似ている』と皇族の特長を並べていく。

「たしかに、秀敬兄上は父上に似ていらっしゃる。……ご本人は、そう言われることをお好きではありませんが」

翔央が同意したところで、英芳が問いかける。

「……じゃあ、俺はどうだろうか？」

驚くほど、暗い声がした。最初、なにを言われているのか、翔央はよくわからなかった。

「文弱のくせに鈍いな。……いや、意味がわかるからこそ黙ってんのか？　だよなぁ、誰の目から見たって、俺は父上にも兄弟の誰にも似てないよな」

意味がわかっても、やはり、翔央はすぐに答えられなかった。英芳が『父上にも兄弟の誰にも似てない』のは、たしかにそのとおりではある。だが、それを認めることは、皇統の問題に踏み込むことになる。

英芳と蟠桃公主は、わずか三日の差で生まれたわけだが、二人の母后である孟妃《もうひ》と丁妃《ていひ》もほぼ同時期に、当時皇位継承二位だった郭至誠《かくしせい》の元に嫁いできたと聞いている。これは、九興家で財力ある孟家と七名家として政治力のある丁家の二つの家が娘を嫁がせて至誠の後ろ盾を宣言し、皇位継承位を上げるための策だった。これにより、翌年には立太子を受け、至誠が第六代相国皇帝となることが確実になった。

当時すでに秀敬は誕生していたが、皇位継承位が低い頃に妃にした秀敬の母后では、至誠の即位後、皇后とするには家格が足りなかった。

そのため、皇后の家格にある孟妃と丁妃のどちらが男児を産むかに誰もが注目し、二人の妃はそれぞれの家からなにがなんでも皇子を産まねばならないという、はちきれんばかりの期待を受けていた。結果、男と女の赤子が産まれ、皇后位は男児を産んだ英芳の母、孟妃で確実と思われた。

だが、そこに朱妃《しゅひ》が嫁いできた。さらに、入宮から一年半で男児を二人も産んだ。孟妃とは義務感のみの関係、丁妃とは幼馴染として友人のような関係を築いていた至誠が、周囲が危機感を覚えるほどに隣国からの妃、朱妃に愛情を注いだ。亡くなれば、皇后位を追贈され、似ているからという理由で小紅を新たな妃に迎え、翌年には明賢が誕生した。

「まあ、たしかに男児で母后の実家が国内の有力者である俺の皇位継承位は、子どものころから常に一位だった。にもかかわらず、俺が成人しても、立太子の話は確実にならなかった。その上、明々が表に顔を出すようになって兄弟を並べると、どうにも俺だけ浮くんだよ。不愉快な噂が、耳に届く程度に、俺だけが浮いてた」

不愉快な噂。翔央は黙りこむよりなかった。

　蟠桃公主の母后は、そもそも父の幼馴染で、朱妃の件があっても、その関係性は変わらず、いまも上皇宮で一緒に暮らす穏やかな関係だ。比べて、孟妃は、英芳という待望の男児を産んだが、朱妃の入宮後は顧みられることはなかった。それでも、後宮に影響力を持つ呉皇太后に気に入られ先帝の後宮に君臨し、呉皇太后が亡くなってからは、ただひたすらにいずれ皇帝の座に就くであろう英芳の母后であることだけを頼りに、皇后不在の後宮で絶対的権力を振るっていた。

　その存在を疎《うと》ましく思う者たちが、父帝にも兄弟にも似ていない英芳の血統を疑う、無責任な噂を流していたのだ。

「お前が帝位に就いたことで、一部の連中は俺を笑った。ああ、やっぱり違ったんだ……ってな」

「英芳兄上、それは根拠のない話です。父上も俺たち兄弟もそんな噂は信じていない」

「こんな話をする奴らに、根拠も真偽も関係ねえだろ。俺が俺を父上の子であると奴らに知らしめるのは、帝位に就くことだけだったんだ！」

　空の酒器を卓にたたきつけ、英芳が叫んだ。

「俺が昔から朝議に出てる奴らとつながりが深いのも、商人と懇意にしていたのも、一朝一夕で成したことじゃねえよ。すべてはいつの日か俺が帝位に就くために、努力して積み上げてきたものだった！」

英芳の目が、翔央を見据えていた。

「なのに、お前が俺から帝位をかっさらっていった。しかも、帝位がほしかったわけでなく、女のためだと？　呆れて、悔し涙も出なかったぜ」

卓上に置かれた英芳の手が拳を作り、強く握りこまれる。

「文弱のお前が……いや、お前ら双子の二人ともが帝位にたいして興味ないことは知っている。ガキの頃からお前らを見てきたからな。朱妃も皇后になりたがっちゃいなかった。それでも……奪っていく側なんだよ、お前らは！」

英芳が握った拳を横に払い、酒器が床に落ちて割れた。離れて控えていた宮付きの太監たちが駆け寄ってくる足音と声が聞こえる。叡明らしく、この場を冷静に処理せねばならない。なのに、兄に掛けるべき言葉が浮かばない。

叡明がなりたくて皇帝になったわけじゃないことなんて、先刻承知のこと。それでも、奪った側と奪われた側として向き合うこの場では、どんな言葉も場を切り抜けるための詭弁にすぎないように思えた。

「いっそのこと、あの威国女を連れてどっか俺の目の届かない所へ行ってくれ。俺は皇帝になれれば、自分が誰なのかを示せれば、それでよかったのに……」

英芳が駆けつけた太監たちの間を抜けて、部屋を出ていく。

遠ざかっていく兄の背中を、子どもの頃のようには、もう追えない。

金烏宮に来たときとは違って静かに去っていくその姿を、見えなくなるまで黙って見送ることしか、翔央にはできなかった。

第六章

仮痴不癲

〔かちふてん〕

英芳と苦い酒を飲んだ翌朝、皇帝執務室に珍しい訪問者が来た。

「明賢。先触れくらい出せ、いきなりここまでくるってのは何事だ？」

目を通している決裁書類から顔を上げずに翔央は言った。これに対して、末弟は執務机に突っ伏して顔を上げることで、無理やり視線を合わせてきた。

「なにごとって、藍玉殿の件に決まっているじゃないですか。栄秋府の牢に入れたと聞きました。主上にお任せすれば大丈夫だと言われたから、藍玉殿を見送ったのに。あんな場所に未成年の女性を入れるなんて、相国皇帝として恥ずかしくないんですか！」

十歳に満たぬ子どものわりに冷静だと、朝議でも言われる明賢が、珍しく怒っている。

「それでも皇城司に渡して、うっかり拷問し過ぎました、と報告が来るよりマシだ」

翔央は極めて端的に皇城司に渡したときの危険性を指摘した。城内に置いておくほうが安全ということはない。それ自体は、明賢としても納得せざるを得ないところだったのか、怒りの矛先が変わった。

「だいたい、なんで権限を持っていない英芳兄上が皇城司に捕まえろとか拷問に掛けろとか命令を出せるんです？　皇城司統括はいまや翔央兄上のなさることのはずでは？」

後半ほど声に力がこもっているのは、明賢も目の前の皇帝が叡明でないことに気づいているからだろう。聡明な明賢が、不甲斐ない自分の身代わりに気づかぬわけがないのだから。

　それでも、翔央は決定的な言葉で明賢が追及しない限りは、あるいは追及されたとしても、叡明として応じるよりない。

「白鷺宮不在につき、皇族たる自分が代行する……とのことだ」

「皇族？　なにを仰るやら、山の民っぽい者に襲われたからって、藍玉殿の手引きを疑うなどと、短絡的すぎますよ。藍玉殿は立場上、西金の件が片付くまで、もっとも大人しくしていなければならない身です。それゆえに、人質のような扱いを受け入れているんじゃないですか。こんな状況で山の民らしき者が襲ってきたうえに自害するなんて、どう考えても、山の民を陥れようとする者の企てにしか考えられないのに。……はっ！　英芳兄上が裏で糸を引いているような前提で話してしまった。そこからして疑わしいのに！　いったいあの人はなにがしたいんですか!!」

　明賢は、冷静さを欠くと饒舌《じょうぜつ》になるようだ。このあたりは、同じ頭が回る兄弟同士でも叡明とだいぶ違う。叡明は冷静な対処が必要になると、膨大な知識の中に最適解を見つけようとして、思考に沈み込んでいく性質だ。

　明賢は、どちらかというとひらめきによって最適解へ至ろうとする性質らしい。それゆえに、思いつきをどんどん言葉にして重ねていく傾向にある。

「そのへんにしておけ、明賢。……あの人は、あの人なりに色々考えて、この伏魔殿を生き抜こうとしてきたし、いまももがいていらっしゃる。俺たちのことだって、兄弟として大切に思ってくれていないわけじゃない。ただ、最終的に求めているものが違いすぎて、お互いのことが理解できなくなっているんだ」

翔央の脳裏に、昨夜の英芳の叫びが甦る。兄を苦しめていた一因が、自分たちの存在にもあったことを思い出し、臓腑が重くなる。

「では、主上はなにをお考えになり、どう選択されるのですか？」

明賢がいつもの調子で、子どもっぽく問いかけてくる。

「この国の民のことを考え、民の安寧のための選択をする」

翔央の即答に、明賢は「兄上らしい」とため息交じりに言って、上半身を預けていた執務机から身を起こした。

「ならば、雲鶴宮を賜った身として、僕も民の安寧のために働きましょう。……西金の避難民の件、僕が預かります。避難民をめぐる謎の答えは、おそらく藍玉殿の疑いを晴らすものになるでしょう。襲撃は、皇城で起きていることから皇城内に目を向けさせるのが目的と僕は見ています。あれのせいで、調査のために出すはずだった皇城司を、城内警備に回さなければならなくなったわけですから、怪しいです」

明賢は、しゃべることで思考しているとわかったこともあり、翔央は明賢が話すのに任せて、時折、李洸に目で合図した。明賢の思いつきに李洸が納得する部分があれば、そこは採用して、人を動かすことにしようというものである。

「その件は行部が動くことになっている。人不足の中で、相国民の役に立つべく、各部署と避難民の中間に立ってがんばって働いていたのに、結果としていいように利用されただけだったことが、そうとう頭に来ているらしくて、な。それに、頭数の少ない部署だ、まずはあの部署を手伝ってやってくれ。間違いなく一からお前が動くより早い」

「行部……っていうと、陶蓮の部署ですね？」

明賢がいたずらっぽくこちらを見上げながらたずねてくる。

それを俺に確認するか、と思ったが、翔央は頷くにとどめた。

「あの部署は、極めて優秀な官吏が集まっているが、それぞれに主張も個性も強いから張折先生じゃないとなかなか動きがまとまらない。ことを急ぎたいから、お前が行って、どうにか制御してくれると、こちらとしても助かる。まともに動けば、最強の切り札を引き当ててくれるはずだ」

「わかりました。……藍玉殿の件というより、英芳兄上の件は、主上にお任せしていいんですよね？」

確認されて、翔央は首肯する。

「行部には話を通しておく。頼むぞ、明賢」

明賢が翔央の前に深く一礼した。

「拝命いたしました」

執務室を出ていく小さな背中に、翔央は声を掛けた。

「明賢、英芳兄上はいまもお前に甘い。いや、根本的なところで身内に甘いんだ。お前の頭を撫でる手に、他意はなかった。単純に末弟が可愛いんだよ」

「……知っています。本来なら上皇宮へ行くべき母上を、雲鶴宮にいられるように孟妃様たちを説得してくれたのも英芳兄上だって聞きました。御代が代わり、もう母上を警戒する必要はないって言ってくれたんだって、宮付きの太監が話してくれました。母上が同じ宮にいるかいないかは、まだ何の力もない僕にとっては、とても大事なことだった。感謝していますよ。でも……」

振り返った明賢は、いつものような子どもっぽい表情をしていなかった。

「僕は、英芳兄上にとって、無条件に可愛がって構わない弟だった。年が離れていて、政に絡まない『どうでもいい相手』だった。それもまた事実です」

言い方を咎めようとして、翔央はやめた。明賢は、これからも多くの大人の思惑の中で生き抜かなければならないのだから。

「……あの人は、大事なものを大事にすることを諦められない人なんだ」

諦められないから、大事なもの全部を抱え込んで、途方に暮れて、すべてをダメにしてしまう。

「自分にとって大切ななにかを守ろうとすることは、本当に難しいな……」

これに明賢は答えず、再び深く一礼して執務室を出ていった。翔央は、その背を今度は呼び止めることなく、ただ見送った。

行部は殺気立っていた。

もともと不在中の部署の長である張折を入れても九人しかいない弱小部署だったが、一昨日にもたらされた情報により、まるで戦場のように殺気立った空気を立ち昇らせていた。机という机に書類を積み上げ、全員が血走った目で、休みなく確認作業をしているところだった。

内容は、届けたはずの支援物資の一覧と、実際に西金の避難民が受け取ったものの一覧との照合作業だった。

「ここもだ！　また、食料と衣料の一部です」

「……やはりか。こっちもだ。観光に来ていた彼らのほとんどは、普通に街で食事をしている。衣料も全くないわけじゃないからなぁ」

下級官吏たちの見つけた照合結果を、中級官吏の魏嗣《ぎし》と何禅《かぜん》で取りまとめて整理し、見やすくなったものを前に、黎令と部署に戻ってきた蓮珠が議論を重ねていた。

「これだけの量が市場に流れていれば、物価に変動が生じているはずです。最近の物価について、すぐに調べてもらいましょう」

蓮珠が言うと、黎令が待ったをかけた。

「それは、僕らの権限ではできない。栄秋内の調査なら栄秋府に依頼するべきだが、あちらも都の厳重警備で手がふさがっているんだったな。ん？　……運んだ食料のうち消えている品目は洗い出せるか？」

そう照合担当に声を掛けた黎令がいくつかの書類を引き寄せる。

「なにかありました？」

蓮珠が問うと、黎令が今度は地図に手を伸ばす。

「僕らが避難民としていた人々のところに届いた食料について、少し。市場に横流しにされたのではなく、それ以外の用途で食料が消えたと決まれば、物価調査をわざわざする必要がなくなる。その代わり、都に戻ってきたばかりの陶蓮にまた都の外に出てもらうことになるかもしれないけど」

　襲撃による昏睡から目を覚ました翌日、蓮珠は動けるなら働くと、さっそく登城した。街道封鎖で戻れないことになっていたので部署の者たちはかなり驚いたが、船と陸路と使える移動手段全部使って都まで戻ってきたので登城したということにした。仕事のために都に戻った。そのことが、あまりにも蓮珠らしいということで、なんとまったく疑われもせずに、さっそく仕事を割り振られた。

　より正確に言うなら、事情はどうでもいいから、仕事しよう、だった。

「ぐわぁ、ここもか！　くっそー、どれだけおれたちを馬鹿にしてやがんだ！」

　照合担当が、本日十回目の雄叫びを上げた。いまの行部を動かしているのは、まさにこの怒りだった。

　物資の調達と配布のために、後宮に出入りする商人と避難民管理の西金役人と運ぶ業者の間を奔走《ほんそう》したあげくに、うまく物資がいきわたっていると思ったら『避難民』などそもそもおらず、支援品はどこかわからぬ場所に持ち出されていた。まんまと騙されていたのだ。

「文句はあとです、急ぎましょう。泳がせるために続けていた物資の運び込みも一昨日で停止しました。これで、こちらが気づいたことを察して、なんらかの動きを見せるはずです。それまでに目星をつけておかないと動きを見逃してしまいます」

蓮珠は部署全体に声を張る。

蓮珠が避難民に感じた違和感を報告したのち、張折はすぐに支援物資の流れを止めず、それまでより細かくモノの流れを記録し、届いたもの届かなかったものがわかる体制を作ってから都を出立していった。

「あとを任されたのが、僕だけでなくて良かった」

黎令が山積みの書類に目をやり、呟いた。

「遠くではなく近くを見ましょうね、黎令様。はい、お待ちかねの消えた品目を書き出した一覧です」

何禅がにこやかに上司の前にさらなる紙の束を置いた。

「それなりに……量があるな」

黎令がゲッソリと言うので、蓮珠は半分引き取った。

「何を見ればいいんですか?」

不機嫌顔が常の黎令がニタリと笑った。

「消えた食品の日持ち具合」

黎令の不気味な笑顔を見て、「これは相当疲れている」と蓮珠は冷や汗を流す。

張折も自分もいない期間に行部を取りまとめてくれていたであろう同僚への申し訳なさで蓮珠の胸はいっぱいになったが、すぐに黎令が続けた言葉が意味することに気づき、同じようにニタリと笑ってしまった。

どうやら黎令の声が聞こえていた全員が、同じ笑顔になっていたようだ。

「皇城司である。行部の者は一切動いてはならない！」

そのとき、皇城司が飛び込んできた。先頭の男があげた大きな声に、行部全員が不気味な笑顔を浮かべたまま、声がした方向へ顔を向ける。

「な、なんだその顔は！　やはり怪しい部署め、机の上の物を押収しろ！」

皇城司がなぜ、ここに？　そう思ったのは、蓮珠だけではないようだ。行部の誰も、すぐには動けなかった。

「なんだ、なんだ？　抵抗せんとは、ますます怪しい奴らだ」

なぜか興奮した様子で皇城司が言う。

「いやいや、なんで行部に皇城司が来たんだって、みんな驚いているだけですよ」

行部の下級官吏が、呆れたように訂正した。

「周《しゅう》隊長、これらの書類はすべて支援物資に関するものです！」

今度は、皇城司の部下のほうが興奮している。どうやら、支援物資に関する文書が目的らしい。

「裏で糸を引いている相手の動きのほうが、動くのが早かったようで……」

魏嗣がぼそりと蓮珠の耳元で言った。

「よし、これらこそは行部官吏の不正の証拠！　宮城という身の内に巣くっておった巨悪を、この周が討ち取ってやるわ！」

言い方がいちいち大げさだ。しかも声が大きい。

「ここにあるのは、皇族英芳様より賜った勅命よ。これにより、行部の悪徳官吏どもを、一掃する！」

「お待ちください」

聖旨を広げる周隊長の高らかな宣言に、蓮珠の隣にいた黎令の冷たい声が割って入った。

「なんだ……命乞いか？　そんなもの聞くに値せん」

「いいえ、法令的に正しいのであれば止めません」

いや、そこは止めましょうよ。自分の命もかかっているのですから、と行部内の全員が呆れたところで、黎令がさらっと言った。

「皇族の勅命権限は昨年末をもって撤廃されました。したがって、英芳様の勅命で、この場の誰かを処分する権限はありません」

「……なに？」

　黎令の言葉に、周隊長は、不敬にも見せびらかすように広げていた聖旨を手から落とした。もっとも、効力がないとわかった以上、ただの黄色い布切れなわけで、不敬罪には問われないだろうが。

　黎令は周隊長の落とした黄色い布切れを拾い上げると、蓮珠の手に持たせる。

「聞こえませんでしたか？　皇族の勅命権限は、つい先ごろ、撤廃されたんです。『皇族といえども人間、一時の感情で処分をくだすような愚行を犯してはならない』と、主上が撤廃理由に記しておられます。従いまして、勅命権限は、主上と皇后様のみ、行使するものとなりました」

　蓮珠は、渡された聖旨を広げて内容を確認する。そこにはたしかに、周隊長の言うように、行部に対して強制捜査を行なう許可と、不正発覚の際には処断を許す旨が書かれていた。その文章の最後には、はっきりと英芳の名と押印もある。

「う、嘘をつくんじゃない！　皇族の勅命権限が撤廃されたのならば、なぜ英芳様はこんな聖旨を我々に出されたというんだ！」

　たしかに、その通りである。なぜ英芳は、すぐバレるうえに、証拠として残ってしまうものを発行したのだろうか。蓮珠は、その文字の向こう側に、英芳の考えを読み取ろうと、もう一度書かれている文章に目を向けた。

だが、文字に見える何かが頭の中で形になる前に、新たな来客が行部の扉から入ってきた。

「嘘じゃないよ。僕は知っていたからね。たんなる立場の差だよ。皇帝への叛意により皇位継承権を剥奪された英芳兄上は、すでに宮持ちじゃない。実質的にはもう皇族じゃない兄上には不要な情報だったから、知らされてなかったんだよ」

声の主は、雲鶴宮の明賢だった。傍らに太監、後ろには殿前司を数名伴っての登場だった。堂々たる言葉遣いと強く響く声は翔央に似ている。小柄な蓮珠より、なおも小柄な身体で、周囲の大人を圧する空気を放っていた。その存在感だけで、蓮珠を含む行部の者ばかりか、皇城司たちまでも、慌ててその場に跪礼した。

「さて、皇城司の隊長さん。雲鶴宮を賜っている僕には、皇族として与えられている権限があります。武官として西金へ行っておられる翔央兄上の代理で皇城司の統括権限を与えられました」

傍らの太監が、手にしていた聖旨を室内の者に向けてぱっと広げて見せすぐに閉じる。

それから再び明賢の傍らに小さく控えた。

太監が戻るのを待ってから、明賢が周隊長の前にゆっくりと立つ。明賢の体は小さく隊長の半分程度しかないのだが、その姿は充分すぎる威圧感を放っていた。その迫力に飲まれたように、周隊長はさらに低く、その場で叩頭した。

「わかっていただけたようですね。では、周隊長、これは皇城司の統括権限を公式に与えられている者からの命令です。手にしている剣をしまいなさい」

ばね仕掛けのおもちゃのような勢いで、周隊長以下、皇城司たちが剣を鞘に納めた。

「……助かりました、雲鶴宮様。行部一同感謝申し上げます」

張折の不在に伴い、行部への帰還とともに長の代理となっている蓮珠が代表して明賢に礼を言った。だが、明賢は、口元に手をやり、少し考えてから蓮珠に応じた。

「ん〜、その感謝が恨み言に変わるかもしれません」

先ほどまでとは、打って変わって子どもっぽい口調で明賢が、蓮珠の顔を覗き込む。

「主上より、支援物資の行方を調査する権限をいただきました」

控えていた太監が再び聖旨を広げた。文面を確認すると、主上から雲鶴宮に、行部とともに支援物資の行方を調査する権限を与えると書かれている……というより、それしか書かれていない。

「先ほどの聖旨ですよね？　……皇城司の統括云々はどこにも書かれていない気がしますが？」

蓮珠が小声で尋ねると、明賢がニンマリと笑い、皇城司のほうに身体を向けた。

「周隊長。皇族の勅命による処断は許されません。ですが、行部が支援物資に関して、本当に不正を行なっているのであれば、責任者を逮捕する必要が出てきます。それは、皇城司として正当な職務です。したがって、この部署の責任者を栄秋府に引き渡し、栄秋府の担当者にそちらで取り調べを行なっていただくよう伝えてください。残りの行部の者は、僕から直々に証拠書類について説明をしてもらうので、この場に残ってもらいます」

責任者……つまり蓮珠が栄秋府に連れていかれることになる。これは、たしかに恨み言を言ってもいい気がする。蓮珠は、明賢の言葉に頭痛がしてきた。

「張折殿が不在中の責任者は、陶蓮でしょうか？　こちらでも話は伺わせてもらいますが、栄秋府でも協力的に支援物資の流れについて証言してくださいね」

明賢の微笑みに、蓮珠はその意図を把握した。これは、行部の処断こそできなかったが、支援物資の件については、思惑通り行部のしたこととして責任者を連行させた……と相手に思わせるためのものだ。

だが、明賢の意図を把握はしても、自分が連行されることに納得はできない。この場でやらねばならないことは、多々あるというのに。

「大丈夫ですよ、雲鶴宮様。我が上司、陶蓮様は捕まるとか取り調べを受けるとか、そういうの得意分野ですから」

魏嗣が自慢げに言って、にこやかに蓮珠の背を押す。

「そうだ、陶蓮」

部下から皇城司に差し出された蓮珠の背に、黎令が声を掛けてきた。

「僕が部署長代理の陶蓮の代理になったことは、僕から西金に居られる張折様にも報告しておきますから」

なにを言い出すかと思えば、と蓮珠を連れ出そうとする皇城司たちが首を傾げる。

蓮珠としては、ぜひとも恨み言を言わせていただきたい相手が二人増えた。だが、蓮珠は権限移行の話に大きく頷き、提案を肯定する。

「黎令殿、それ大事です。行部の仕事は滞らせてはいけませんから。みなさん、雲鶴宮様に協力してくださいね。それと、並行で行なっている宮中行事の部署間調整も止めずに進めてください。あちらは、一度止めてしまうと、仕切りなおすのに時間と労力とお金がかかりますから。そのためにも黎令殿、代理の代理をしっかりお務めいただけるよう、よろしくお願いいたしますね」

言うだけ言うと、蓮珠は皇城司を置き去りにして、率先して行部を出ていく。その姿は、連行されている犯人というより、皇城司を先導している隊長のように見えた……とは、後日魏嗣に「さすが捕まり慣れていらっしゃる」という言葉とともに言われたことである。

栄秋府は、都のほぼ中央にある。都の中心部は、州都時代の壁に囲まれている。この内壁部の真ん中を横に貫く大通りに面した場所に栄秋府がおかれていた。ほかの役所が宮城に近い都の北側に集中しているのに比べると、街の中央に国から独立しておかれている機関という印象が強い。

実際、国の中央機関ではなく、栄秋という街を管轄する地方行政組織のひとつである。同時に、警察機構であり、司法機関でもある。

また、栄秋が相の都であることから、他の地方行政組織が持たない、いくつかの特殊な権限を持っていた。その一つが宮城で捕まった者を収監することである。宮城で逮捕される者は、多かれ少なかれ政治的な問題に関わっている可能性が高い。そのため、捉えられた者を釈放させようと、地位の高い者からの干渉があることも多い。

宮城内で発生した事件の調査自体は皇城司の仕事になるが、囚われた者は栄秋府に送られるのが決まりである。

「で、そこの官吏がなにをしたから、ここに運ばれてきたって？」

栄秋府の長、府尹《ふいん》という地位にある欧閃《おうせん》が、蓮珠を連行してきた皇城司に尋ねた。

「西金からの避難民への支援物資を、部署ぐるみで横領した罪です」

「……それって、一人ここに連れてきてどうこうできる話じゃねえだろ、明らかに」

呆れかえる欧閃と目が合った。

「雲鶴宮様より、栄秋府には、よく取り調べを行なうように伝言を承っております！」

そう付け足したのは、周隊長だった。処断こそできなかったが正義は成した、という喜びあふれる大声だった。これに対し、欧閃が思い切り渋い顔をした。

「わかった、わかった。やっておくからさっさと宮城に戻ってくれ。官吏一人ここまで連れてくるのに、なんで五人も引き連れてきたんだよ。宮城警備を手薄にしてっと、また襲撃されるぜ」

欧閃は周隊長から行部の逮捕命令の書かれた聖旨を形式上受け取ると、机に放り、皇城司を追い出しにかかった。

「おーい、お客様のお帰りだ。誰でもいいから、門まで連れていけ」

態度も言葉も厄介払い以外のなにものでもない。

皇城司が連れ出されたのを確認して、欧閃が蓮珠に椅子を差し出した。

「まあ、座っとけ。話が長くなるだろうから」

「いえ、長い話をしている場合ではないんです。急ぎ動かねば、相手に先手を打たれま

関係ですから、喜んで証言してくれると思います」

蓮珠は、にこりと笑い、あろうことか栄秋府府尹にそんなおねだりをした。

「いい度胸してやがる。さすが、あいつが惚《ほ》れた相手だな」

思わず呟いたような小さな声だったが、蓮珠の耳はしっかり拾ってしまった。

「あ、あなた、もしかして翔央様の……」

以前、栄秋府に幼馴染がいると聞いたことがある。

「最近は会うと、あんたの惚気話ばかりだよ」

ニカッと笑う欧閃を、まっすぐに見られない——蓮珠は顔が溶岩のように熱くなるのを感じた。

ちょうどそのとき、捕吏に藍玉が連れられてきた。蓮珠を見て首を傾げる。

「蓮珠様、大丈夫ですか？　お顔が真っ赤です。風邪を召されたのでは？」

「なに、これからのために血の巡りを良くされただけだ。さあ、取り調べるぜぇ」

この人、間違いなくあの双子の幼馴染だ。

「……そういうの、いいですから、さっさと始めましょう」

蓮珠は欧閃に視線で確認を取る。彼はいままでのやりとりなどなかったような真剣な顔で頷いた。

「人払いはした。政治にかかわる御取調べってのは、これができるから楽だな」

表情の真剣さと物言いは必ずしも一致しないようだ。

蓮珠は、欧閃に色々言いたいことがあれどもそれらは飲み込んで、地図にある西金を指さした。

「栄秋から港を持つ西金へは、白龍河を上る航路、街道を行く標準的な陸路、そして、今回藍玉さんたちを通じて禁軍が使った虎峯山脈側の山路の三経路ありました」

指で地図をたどり、蓮珠はあらためてその絶妙な都との距離感を確認する。

「わたしたちは、対岸の山の民が白龍河を渡って西金に攻め込んだと考えたので、まず航路は使えないと判断しました。次に街道が閉鎖されたため標準的な陸路の使用もできなくなりました」

一旦指先を栄秋に置き、蓮珠は欧閃の顔を見た。

「ここで、考えるべきは、西金から栄秋に連れてこられた人々の話です。戦禍による避難民なんて本当はいなかった。彼らは春節が終われば帰れると思っていた。それは、西金の街が山の民に襲われたことを知らされていないし、見ていないということです。にもかかわらず、守備隊は西金で大型武器を配備する敵と戦い、苦戦し、禁軍派遣を要請しました」

人質がいるのに交戦してしまったことに気を取られて、とても大事なことに気づかずにいた。

「……さて、璧秋路《へきしゅうろ》守備隊は、いったいどの経路で西金に至ったのでしょうか？　そして、伝令兵は、どの経路で西金から栄秋にたどり着けたのでしょうか？」

西金は占領されておらず、戦うべき相手はいない状態で、伝令兵は都に禁軍派遣要請を持ってきた。李洸が西金に出した斥候は、ただの一人も帰ってこないのに。

「最後に付け足しますと、山路で西金にたどり着いた禁軍の張折様から伝書鳥で連絡が入り、西金に街門や街壁には淡黄の集落色の旗がたなびいていたそうです」

「なんだ、結局武装蜂起したっていう山の民はいたのか」

拍子抜けの表情で椅子の背にもたれた欧閃に蓮珠は首を振った。

「大型の武器を持っている話があるので禁軍本体は下手に近づけない。なので、張折様が調べたところ、西金には多くの者がいました。……避難民に送ったはずの衣服を着て、避難民に送ったはずの食料を食べて過ごす西金の街の人々が、です」

蓮珠から支援物資の流れについて怪しむ連絡を受けた張折がしたことは、避難民に送ったものと届いたものを照合できる体制を作ったのと同時に、衣類の一部や食料の一部に支援物資であることがわかる印をつけていた。

「支援物資の流れを止めなかったのは、印をつけたものが確実に目的地に届くのを待つためでもありました。張折様が禁軍に同行したのも、印をつけた物資が西金に流れたのではないかという推測を確認するためだったんです」

藍玉の集落でやられたことと同じだ。あるのは、子どもと老人を追い出したか、残したかの差だ。

そこで藍玉が蓮珠の話に首を傾げた。

「ちょっと待ってください……。街の人々がそこにいたということですか？　西金を占領している山の民に見せかけて!?　大型の武器があることになっているから、距離を置いて戦うことになる状況で、ですか？」

蓮珠は首肯した。

「悪趣味にもほどがあるだろう……。最終的な狙いは自国の禁軍が自国の民を殺したって状況を作ることかよ」

欧閃は、外に声がもれぬよう歯ぎしりで怒気を抑えていた。

蓮珠は、第一報から続く相手の策略を思い出し、威国の仕業に見せかけて蓮珠の故郷を焼いた呉然のことを思い出す。

「他国のせいにするのは、昔から反乱分子が用いる手法のひとつです。これまでわかっているどの策も、首尾一貫してこの国を内部から破壊しようとするものばかりでした。どう対応しても、どの選択肢を選んでも、民は国を、さらには皇帝を許せないと思うように仕組まれている。あまりにも徹底して、この国を壊そうとしている。……これは、『身内に甘い英芳様』の考えた策だとは思えません」

蓮珠の言葉を聞いてしばらく黙考した欧閃が、街門の記録簿に手を伸ばす。

「西金方面に継続的に荷を運んでいた誰かがいるってことだな？　自腹切らずに支援物資からかすめ取った荷を乗せて、西金の街のやつらを山の民に仕立てた誰かが……」

「支援物資だけじゃないです。そもそも山の民では持ちえないような大型の武器を西金に持ち込んだのも、相国側の誰かのはずです」

記録簿の確認を欧閃に任せて、蓮珠は藍玉に向き直った。

「藍玉殿に教えてもらいたいことがあります。白龍河の相国側と山の民の集落がある対岸、この距離が一番近く大きな船を使える場所はどのあたりかわかりますか？」

「大きな船ということは、二つの場所からの距離が近くても、浅瀬ではダメってことですよね」

蓮珠は頷いて地図を差し出す。

「相国では、武器はすでに国内では商品として扱うことのできないんです。だから、常に戦いが続く中央地域は、まだ在庫を抱える商人にとって最良の顧客です。西金に持ち込まれた武器は、おそらく、武力蜂起のせいで使えないと誰も近づかなくなった西金の港から対岸に運ばれている。これが、今回の件に加担した商人の『利になること』なんです」

抱えた商品を売りつくすために、あるいは新たな販路を確立するために、西金は都合のいい街だった。あの街が狙われたのは、おそらく、ただそれだけの理由。

片耳で蓮珠の話を聞いていたらしい欧閃が記録簿をめくる手を止めて、西金付近だけの地図を持ってくる。新しく持ってきた地図を藍玉に渡すと、それに印をつけるよう依頼した。

「できる限り小さく、正確な範囲でお願いする。申し訳ないが、確実に味方で囲まないと逃げられるだろう。……しかも、航路閉鎖で他の船は出てないからな、水軍の船が遠くに見えた時点でこっちの狙いがバレる」

欧閃の言うとおりだ。河の上だが、地の利は相手にある。西金の街の人を残しているのも、船の操縦に長けた者が多いからだろう。渡り合うには水軍が一番だが、バレれば逃げられてしまう。そこは、張折がなんとかしてくれないだろうか……。

「栄秋街門通行記録簿を見ていると、いくつかの家が交替で大荷物を運び出している。荷を隠して武器を売りさばいてたってのが事実なら、栄秋の大商人の何人かは首が飛ぶぞ、これ。荷の内容確認は、英芳様の特権付与により免除されていた。陶蓮殿も役人ならわかるだろうが、どんなに怪しくても、正しい手続きを経ていたら、役人はそれを通さなければならない。……役所の責任を問われたら、栄秋府の半分くらい処分対象にされそうだ。あ～、俺の首ひとつで済まねえかな。半分もいなくなったら、栄秋の街がまともに動かなくなるっての」

同じ役人として、言っていることはわかる。後半も含めてわかる。栄秋府は都の地方機関なので、地方役人の中でも最優秀の者が就く。それを半分も失ったら、国にとっても大損失だ。

「都なのに無能が集まっても意味ねえんだよ」

記録簿の確認は欧閃が、地図での位置確認は藍玉が担当している。蓮珠は、実はすることがなく、ひたすら欧閃の嘆きを聴いていた。

「地の利は人の和に如《し》かず……ですね」

『天の時は地の利に如かず、地の利は人の和に如かず』は高大帝国時代より昔からある言葉だ。天が与える好機も地理的な有利には及ばない、地理的な有利も人の和には及ばない……という意味だ。

蓮珠たち官吏にとっては、人の和といわれれば、具体的には人材と人脈を指すことが多い。人材と人脈さえあれば、多少の僻地でも役所を運営することができるからだ。

「……人脈……あっ！　船、あります！」

それは正確には蓮珠の人脈ではないのだが、緊急事態だ、使えるものは何でも使わせてもらおう。

「欧閃様、この件の処分のために、わたしを宮城に護送してください。栄秋府の護送馬車なら荷検《にあらた》めなしで宮城に入れますよね？　だったら、ありったけの記録簿と一緒に送り込んでください！　もし荷検めがあるのなら、できる限り服の中に詰め込んでいきます！」

まだ、黒幕を追い詰めるための、全部の材料がそろっていない。藍玉に書き込みをしてもらった地図も、この先の武器輸送船捕縛《ほばく》までいかなければ、切り札にはならないだろう。どこかひとつでもかみ合わなければ、相国を滅ぼそうとする何者かに行き着く前に、先に蓮珠自身の首が飛ぶかもしれない。だが、いまここで動かなければ、この国を内側から壊す計略が完成してしまう。

「なんか思いついたんだろうことはわかるけど、もう少し悲壮感出そうか。敵じゃなくても怪しむぜ」

欧閃が額に手をやった。なにを言われようと、こんなところで、『遠慮しない』のが陶蓮珠なのだ。

こうして、栄秋府史上、もっとも積極的な虜囚が、処分を受けるために宮城へと護送されることになった。

第七章

混水摸魚

〔こんすいぼぎょ〕

宮城に入り、栄秋府から再び皇城司へと引き渡された蓮珠は、恐れ多くも皇帝が一官吏の申し開きをお聞きになるという話で、朝堂へと連れていかれることとなった。

臨時招集が掛かり、朝堂に集められた上級官吏たちが空けた中央の通路に、皇城司の手で引っ張り出された蓮珠は、数歩進んだところで左右の皇城司から止まるように指示された。脚を止めると同時、その場に膝を折り、額を床につけて叩頭した。

「この官吏が、大事な支援物資を横領したのか……？」

厳粛な空気で満たされた朝堂には不似合いな荒々しい声は、英芳のものだ。

今の姿勢では、冷たい床以外には、跪礼して並ぶ上級官吏の紫の官服と黒い沓《くつ》しか見えない。屈辱的な姿勢なんだろうが、蓮珠としてはありがたかった。

英芳がいる場で顔を上げるわけにいかない。叩頭している状態なら、そもそも女官吏であることもバレにくいだろう。

顔を一見されたらおしまいだ。あの日、鶯鳴宮で顔を合わせた威妃とされた女と同じ顔をしていることは、おそらくすぐに気づかれてしまうだろう。なにせ、最初の身代わりで襲われかけたとき、意識を失ってから意識を取り戻すまでの数時間の間、英芳はじっくりと蓮珠の顔を見る時間があっただろうから。

だが、そういう理屈的な面以外でも、蓮珠は顔なんて上げられない。

「おい、文弱！　なにが申し開きを聞くだよ、時間の無駄だ。こんなの即刻処分すべきだろう！」

英芳の声が、実際より大きく耳の中で響く。距離が近いからじゃない、心が、身体が、この声を拒絶するからだ。一言耳に入るたびに、頬からも指先からも血の気が失せ、温度を失っていく。

鶯鳴宮で起きた出来事が鮮やかによみがえる。怖くてたまらない。指先の震えを、英芳は朝議の場で責められているからだと勘違いしてくれるだろうか。

最初の身代わり、威妃を攫《さら》おうとする者の正体を突き止めるため、女官姿で鶯鳴宮に潜入するという浅はかな行動をした。長く下級官吏ではあったが、諜報《ちょうほう》の専門家ではない。素人潜入者は早々に目をつけられ、英芳に囚われた。

そもそも英芳が威妃を攫おうとしたのは、威妃を自分のものにすることで、帝位を得るという意図があった。鶯鳴宮に舞い込んできた威妃に、当然ながら英芳は手を出そうとした。間一髪、翔央が来てくれたことで事なきを得たが、あの日の耳に残る声と息遣い、手首に残る押さえつけられた感触、無理やり飲まされた薬で上がらなくなった脚の重さまで、心の底から忘れられたことはなかった。

手の中に佩玉を握りしめる。翠玉が作ってくれた小ぶりな球の連なりと、最後に触れる水晶のひんやりとした感触。それが、蓮珠の心を緩やかに落ち着けてくれる。

蓮珠に優しく、まるで世界で一番大切なものに接するように触れてくれる手を思い出した。

「お待ちください。これは、小官を、ひいては行部全体を陥れる策にございます」

蓮珠は感情を抑えた低い声で、そう口にした。

「ご存じのように、行部は西金からの避難民支援の窓口となっておりました」

額を床につけていても、蓮珠は冷たく感じなくなった。玉座から暖かなまなざしを感じる。その視線が、蓮珠を包み込み、朝議に張り詰める冷たい空気から守ってくれていた。

「……しかし我々は、避難民に送った荷と実際に避難民が受け取った荷の間に、差があることに気づきました。だから、どういう経路で荷が動いているかを調べるための細工をして、少しの間、物資の支援は止めずにおりました。もし、この間に失われたものの責を問われるならば、間違いなくわたしは処分に値すると理解しております」

蓮珠は、少しだけ身を起こし、官服の懐から数冊の栄秋街門通行記録簿を取り出し、自分の数歩前の床に置いた。

「こちらに栄秋府が都の入出を記録した文書がございます。ご確認いただければ、この非常時に、定期的に大量の荷を都から出している商家の名がいくつかあるのがわかるかと。

しかも、注目すべきは、それだけの荷を都から出しているのに、都に持ち込んだ記録も都の中で買い付けた記録も出てはこないのです」

言ってから、再び蓮珠は床に額をつける。

「……李洸、栄秋府の記録を確認しろ」

玉座からの声に、蓮珠は安堵した。

この記録簿を、ほかの誰の手も経ることなく李洸の元に届けることができる。しかも、事態の緊急度を考えれば、一刻も早くこの資料を渡す必要があった。かなり強引な手段に出てしまったが、これですべてが報われる。

李洸が玉座の置かれたひな壇の一段低いところから降りてきて、一歩、また一歩と蓮珠に近づいてくる。しかし、そのとき、前列のほうから待ったがかかった。

「主上。そこな者の話を聞く必要などございません。李洸殿も軽率ではないか。見るに値しないものを主上にお渡しする気でございますか？」

「然り。いかに主上の直属の部署といえども、分別は必要と申し上げます」

直属の部署に甘いと言いたいらしい。

だが、玉座からは皮肉たっぷりの声が降りてきた。

「行部官吏が行部の記録を改ざんできたとしても、いくらなんでも栄秋府のものまでは無理だろう？　荷が栄秋を通過するとき、何かがあったことは事実ではあるまいか？」

記録簿を手に取った李洸が蓮珠から離れていくのを、蓮珠は気配だけで感じていた。

「欧閃に連絡を。これについて子細を確認したい」

「主上、戯言《ざれごと》に付き合う余裕はございますまい。西金の件、一刻も早い解決が必要なのですから！」

またも前列のほうから声が上がっている。一方で蓮珠のいる朝堂の後方は、緊張に静まり返る。その緊張のなかに違和を感じ、蓮珠は床から少し額を浮かせ、視線だけで左右を確認した。

――なにかが、いつもと違っている。

「なんだ？　そなたらは、ずいぶんとこの件を探られたくないようだな」

翔央は、見下ろす官吏たちの表情に、逸らされる視線に、遠い日を思い出した。

母が戦場からの帰路で亡くなったという知らせを受けたあと、宮城内で幾度となく官吏たちに声を掛けられた。そこに見え隠れしていた本音。

『あの女が死んでくれて助かった』

母を皇后にしたかった父帝、それを支持する派閥と反対する派閥。もはや、どうにもならないと思われるほどに分裂した朝議が、母が死ぬことによって、ひとまずのまとまりをみせた。

死者になら皇后位をくれてやっても構わない、と。

そう、この顔は、自分たちの代わりに犠牲になる者を見つけて喜ぶ顔だ。彼らは、ここにいる蓮珠にすべての罪を着せて、自分たちは無実である振りをしようとしている。

「その者も相国官吏であり、相国の民だ。余は玉座を預かる者として、あまねく民の声に耳を傾ける必要がある」

「なんと頑迷な。この者は、威国や山の民寄りの人間。そのような者が言うことなど、何一つ信用に値しないというのに……」

言っているのは、よくよく見れば国粋主義者の上級官吏だった。皇帝を見るその目にあざけりの色を見つけて、翔央は鼻白む。

自国至上主義である彼らは、他国からの干渉を望まない。故に干渉の端緒となる他国から嫁いできた妃が産んだ皇子が帝位にあることを、いまだに内心では認めていない。当代の皇帝である叡明は、華国から嫁いだ母后を持ち、寵愛している妃は威国から嫁いだ威皇后一人。

彼らにとってそんな輩は、たとえ玉座につこうとも、敬うべき存在などではない。

「……敬ってほしいなんて、俺も片割れもまったく思ったことはないけどな」

すぐ近くにいる李洸にさえ聞き取れないように、翔央としての本音の呟きを漏らす。

亡骸もないまま空《から》の花轎《かきょう》で送られて、死して初めて皇后として扱われた母親のことを思いだす。『皇帝陛下、万歳！　皇后陛下、万歳！』。母親を失って悲しみに打ち砕かれた自分たち双子の耳に、むなしく響く民の声。形ばかりの位にこだわる虚しさは、翔央の魂の芯まで沁みついている。

「あんな女と、同じ相国の官吏として扱われるのが情けなく思えますね。皇帝陛下には一緒にされたくない」

考え事をしているあいだ放置していた官吏が、さんざん蓮珠への嫌悪を語った終わりに、鼻先で笑いながらそう口にした。

この時、翔央の耳には聞こえた気がした。蓮珠の怒りが沸点に達した音が。

「お言葉ですが、わたしは相国官吏になって十年余り、『情けない』などと言われるようなことは、断じてしてしておりません！」

朝議の後方から、蓮珠の鋭い声が飛んできた。言葉の一音一音に、燃え上がるような憤怒の情が滲んでいる。

これは、本気で怒っている。

陶蓮珠は、現在の相国官僚制度のなかでは出世の見込めない女の身で、下級官吏のまま多くの部署を渡り歩くこと十年、腐ることなく国のために働き続けた。業務の内容が優れていても、遠慮なく不正を認めないその性格から長く評価されることはなかった。そんな彼女がひとりで磨き続けてきた相国官吏としての誇りは、誰よりも強靭だ。

翔央は玉座からわずかに腰を浮かす。蓮珠が熱くなりすぎるようならば、止めなければならない。朝議での派閥に属していない蓮珠がこの場で反感を買いすぎてしまえば、今後の官吏としての働きに支障が出るかもしれない。

「なあ文弱、お前、なにをそんなに気にしている？」

ずっと黙っていた英芳が、唐突にそう言った。

「英芳兄上……？」

視線を蓮珠から兄に向けると、英芳が肩をすくめていた。

「ずっと見ていたが、いいかげん黙っていられなくなった。……お前さ、なんで、やたらとあの女のことを気にするんだ？　文弱らしくないぜ。俺の知っている叡明は、ガキの頃から頭でっかちで、片割れ以外の人間を信用してなかった。ご執心の威国の妃じゃあるまいし、なんだってたかだか女官吏一人を守ろうとしてるんだよ？」

蓮珠に歩み寄ると、英芳が右手でその細い首筋を掴んだ。

「英芳兄上、乱暴は……」

今度こそ、翔央は玉座を立ちあがった。周囲の官吏もざわついている。だが、英芳は立ち尽くす翔央を見据えて、言葉を続ける。

「なあ、こいつの首ひとつで、この馬鹿げた騒ぎは終わるんだぜ？　効率重視、即断即決のお前が、いったいどうして手をこまねいているんだ」

一つだけ訂正したい。効率重視は事実だが、叡明は即断即決ではない。思考速度が恐ろしく速いだけで、頭の中ではあらゆる事項を検討したうえで決断をくだしている。

自分が本当に叡明であれば、この場を切り抜ける手をすぐに考えつくはずなのに、蓮珠の首筋をつかむ英芳の右手が視界に入って、思考を邪魔する。すぐにでも壇上を降りて駆け寄り、英芳の右手を蹴り飛ばしてやりたい。

こみあげる衝動を、唇を噛んで抑える。そんな弟の様子を見て、英芳が決定的な疑問を口にした。

「なあ、お前。……本当に叡明か？」

否定の言葉もなく沈黙する玉座に、確信を得たりとばかりに英芳が笑う気配を、蓮珠は頭上に感じた。

「……なあ、翔央。お前、最近大切な女ができたらしいな。幾度か街で女と二人でいたのを、何人かの商人が目撃したそうだぞ」

蓮珠の首筋から英芳の手が離れた。だが、安堵はなく、かえって鼓動が激しさを増していく。

「その女というのが、ここにいる女なのか？　どれ、可愛い弟のために、兄貴の俺がどれほどの女ぶりか確かめてやるよ。……女、俺が許す。この場で顔を上げろ」

そう言われても、蓮珠は顔を上げるわけにはいかない。

「我が身は行部官吏なれば、顔を上げる命を下されるのは主上のみにございます」

上ずりそうになる声を、無理やり低く抑えこんで、蓮珠は英芳の命令を拒絶した。

「てめぇ……この俺が顔を上げろと言ってんだよ！」

下っ端の官吏から拒絶されるとは思わなかった英芳は、苛立ちもあらわに、蓮珠の硬翅《こうし》をつかみ上げる。

「英芳兄上、おやめください！」

英芳の暴挙にこらえきれず、翔央は壇上を下った。李洸も翔央を止めるようとしてか、壇上を駆け下り、通路を後方へ駆け寄ろうとする。

「お前に指図される筋合いはねえぞ、武官のお前が、なぜ文弱の代わりに玉座についているのか、説明してもらおうか、翔央！」

英芳の一喝で、翔央と李洸の足も止まる。困惑と疑いに満ちた周囲の官吏たちの視線が、翔央と李洸に向けられる。

「俺の言うことを否定すんなら、お前が叡明だと証明しろ。お前の片割れを、翔央をここに連れてきてみろ！」

英芳の声に圧倒されて、朝堂内が静かになる。

英芳が、通路に立ち尽くす翔央を睨みつけながら、一歩前に出ようとする。そのとき、後方で、朝堂の扉が開く音がした。

自然と、英芳だけでなく官吏たちも音のしたほうを振り返った。

そこにいたのは、春礼将軍と背の高い武官だった。

「大声で叫んで呼びにやらずとも、自分の足で来られますよ」

堂々とした声でそう言って、背の高い武官が兜を外し、頭を上げる。その顔は、通路の半ばで立ち尽くす皇帝と同じだった。

「……翔央？」

その人を連れてこいと言った英芳が一番驚いていた。

「ええ。お久しぶりですね、英芳兄上。あなたの愚弟白鷺宮《はくろきゅう》が、西金より無事に帰還いたしましたよ」

それは、英芳からすれば強烈な皮肉だったろう。西金からなにごともなく帰還したということは、相国転覆計画の破綻《はたん》を意味しているのだから。

春礼将軍と白鷺宮を名乗る男の後ろから、新たな武官が、男を一人突き出しながら朝堂に入ってきた。

「主上、この男が今回の件の黒幕です」

「黒幕？　白鷺宮様、それはどういうことですか？」

ざわめく朝堂で、武官が突き出した男にいちばん近い場所にいた官吏が問いただす。

「この男、孔漣《こうれん》という名の商人です、西金に売買が禁じられている武器を持ち込んでいました。それも……山の民側に渡すために」

西金から武器を運び込もうとする一団を、待ち伏せしていた禁軍で囲んで捕まえたのだという。

「無事捕縛できたのは、武器が持ち込める広い街道への脇道を探り当てた、山の民乾《けん》の集落の者の協力があってのこと。……ようやく見えない闇の中から、我らが敵を引きずり出しました」

白鷺宮として朝堂のほぼ中央に歩み出た叡明が、翔央と同じよく通る声で説明する。

「西金の街を占拠したと言われていた集団の中で、本当に山の民だったのは、雇われた十名足らずの坤《こん》集落の者のみ。実際は、『新年に際し、主上より支給されたという衣』をまとった西金の民が大半でございました。攻撃を仕掛ける前に確認しましたので、彼らは無事です。また、大型の武器は、街の港から白龍河を挟んだ対岸へ送られるところを、雲鶴宮が手配した輸送船で近づき、囲い込んで捕えました。これで大型武器の経路がわかったわけですね。相国側から提供されていたものだったということが」

この報告に、呆然と立ち尽くしていた英芳が、小さく呟いた。

「雲鶴宮……明々が……」

蓮珠は、入宮式後の宴会で、明賢の頭をやさしく撫でていた英芳を急に思い出した。あのときの英芳は、心の底から末弟を可愛がる兄の顔をしていた。

「ほかにも複数の商人が、西金に武器を運び込んでいたようですね。すでに栄秋府の役人が捕縛に向かっているそうです。おおかた、威国との戦争中に買い付け、禁軍や地方守備隊相手に売りつけるつもりだったものが、在庫として大量に手元に残っていたのでしょう。戦時を脱した我が国では、軍の装備は決まった業者からのみとなり、国を介さない武器の売買は禁じられておりますから」

叡明は、そこで朝堂内向けの説明を区切ると、改めて英芳に視線を向ける。

「……英芳兄上にお聞きしたい。この孔漣なる商人の持ち物には、貴方の署名が入った通行許可書があった。書類上は、西金周辺の避難民支援物資となっているが……荷の内容はご確認されていらしたか？」

問われた英芳は、言葉に詰まっている。それはそうだろう。通行許可書を与えた以上、荷の中身に責任を持つのは英芳となる。知らなかったでは済まされない。――しかし、知っていたならば、もっとただでは済まされない状況だった。

「……知らなかった」

絞り出すように口から出た回答。ほかに答えようはなかっただろう。禁じられている武器の売買に関わり、しかも、国外の勢力に武器を提供していたとなれば、叛意《はんい》ありととられても致し方ない。それは英芳の場合、国家転覆の企てに、再び加担したことになる。

だが、これは、叡明にしても、予測通りの回答だったのだろう。さして間を空けずに、次の問いを繰り出した。

「どうやら、説明しなければならない事情を抱えていたのは、英芳兄上のほうのようですね。もしかして、荷の中身は知らなくても、密約はあったんじゃないですか？」

密約という言葉に、誰かが反応したように蓮珠は感じた。再び視線だけ動かして周囲を観察する。やはり、誰かが事の成り行きを見ている気配がした。朝堂に集う官吏たちのように固唾《かたず》を飲んで叡明と英芳のやりとりを見ているのではない。もっとずっと温度の低い視線だ。蓮珠は以前にもこの視線をどこかで感じたことがあった気がした。それは、枝に絡まった蛇に見られているような感覚だった。

「荷の中身を問わずに、運ぶことを許可する。……その見返りは、皇族に戻るための政治的発言力回復の支援と金銭面の後ろ盾を商人たちから得ることだったのでは？」

叡明の言葉が英芳を少しずつ追いつめていくのがわかる。張り詰めていく朝堂内の空気に耐え切れず、蓮珠は思わず顔を上げた。

青ざめる英芳と涼し気な叡明の二人が眼に入る。この場の誰もが、英芳と彼に詰め寄る白鷺宮を見ていた。

「捕えた山の民からの証言もあります。彼らは、孔漣らが持ち込んだ武器を使うために雇われていたそうです。その報酬は、中央地域からの完全独立のため相国禁軍を派兵すること。それを相国が約束したことになっていましたよ。これは、山の民の領域への、相国の介入を意味する。――華国と威国を刺激することになると、わかっていましたよね」

山の民の領域に兵を出すことだけはしてはならない。それは大国間の暗黙の約束を破り、つかの間の平和を破ることにつながる。どちらの国から攻められてもおかしくない理由になってしまう。

叡明は兄を見下ろした。相国の平均身長と比べると長身の人物が多い兄弟の中で、英芳だけが、相国の平均よりやや低い。しかも、双子は華国の血も入っている分、余計に背が高かった。その背の高い弟に見下ろされた英芳は、苛立ちに眉を寄せて弟を睨み上げている。叡明は、そんな兄を見下ろしたまま、武官の口調で告げた。

「あなたの手持ちの駒《こま》は、すべて無力化させていただきました——終わりにしましょう」

叡明が朝堂の警備に立っていた皇城司に命じた。

「皇城司統括織にある白鷺宮が命じる。郭英芳を取り押さえよ」

叡明が白鷺宮として命令した。兄を罪人として突き放すその声に応じて、皇城司が数名、英芳を囲むように近づく。

じりじりと歩み寄る武官を睨みつけていた英芳が、怒りに震える声で叫んだ。

「俺を……ただびとと一緒にするな！」

英芳の伸びた手が皇城司の手から剣を奪い、そのままの勢いで反転したかと思うと、玉座へと続く通路を駆け出す。

「なにもかも、お前のせいだぁあ！」

翔央が危ない——蓮珠は、すぐに立ち上がり、英芳を止めるために動こうとした。だが、その身体を後ろから片手で止められる。

「大丈夫ですよ、陶蓮殿」

ほぼ同じ背丈の冬来が、蓮珠の背後から言った。

翔央は、朝堂の中央通路を自分に向かって走ってくる英芳を見て、傍らに居た李洸を突き飛ばし、英芳に向き合う。しかし、玉座にいた翔央は、その手に棍杖を持っていない。

このままでは、翔央が……と、蓮珠は冬来の腕を振りほどこうとした。

その蓮珠の耳に、激しい衝突音が届き、前方から悲鳴が上がった。


翔央は急所を外して英芳の剣を受ける覚悟で構えたが、彼が自分の目の前に来た瞬間、斜め横から英芳との間に人影が飛び込んできた。突然の衝撃に、反射的に目を閉じる。一瞬遅れて、最前列の官吏たちが悲鳴をあげたのがわかった。

次に翔央の目に入ってきたのは、力を失った英芳をその腕に抱える、一人の武官の後ろ姿だった。

「……もう大丈夫だ」

その声で、武官が叡明だとわかる。背を向けたままの片割れに、翔央は言い知れぬ不安を胸に歩み寄った。

「おまえ……英芳兄上……を？」

叡明は、その場に膝をつくと、腕の中の英芳を丁寧に横たえた。

叡明の剣が貫いた傷から流れる血が、英芳の着ている袍《ほう》に染みてどんどんその範囲を拡げている。すでに、目は見えていないのか、視線は虚空をさまよっていた。

「に……げろ……逃げき……れ……めいめ……をつれ……逃げき……れなく……たら……を……たよれ……」

とぎれとぎれの英芳の言葉が、朝堂を飛び交う官吏たちの声にかき消されていく。

どこへのばされたともわからぬ右手を、翔央は思わずとって握りしめた。さらにその手の上から、叡明も手を重ねた。

「だ……から……れい……を……たの……む」

「……わかったよ」

叡明が叡明の声のまま言うと、握り返す力を一瞬感じた。

「……おれ、は、やは……り、にげ……きれなか……た、おま……たちは……」

一瞬、あの日一緒に屋根上に上った少年の面影が英芳の顔に浮かんだかと思った瞬間、握った手から永遠に力が失われた。

自分たちは兄から何かを受け取れたのだろうか。そう思いながら、握っていた手を床に下ろした。

「……終わったんだな」

翔央には、それしか言えなかった。一緒に酒を飲んだ夜の英芳を思い出し、名のつけようのない感情が暴れだすように腹の底からこみ上げてきた。でも、表に溢れ出すことなく、身の内に押しとどめる。

今の自分は皇帝だ。英芳はあろうことか朝議の場で、皇帝を害そうとした。それは大逆であり、大逆の報いは常に極刑だ。だから、叡明がしたことは間違っていない。自分はそれをこの場で示さねばならない。

「僕が、終わりにしたんだ」

叡明が呟くように言って、少しよろめきながら立ち上がる。

「……そっちは無事だね？」

叡明が今更のように確認しようと振り返る。いつも通りの泰然自若としたその言葉に、その翔央は少し呆れ、少し笑った。

「おまえこそ……」

しかし、振り返った叡明を見て、翔央は続く言葉を失った。

叡明の顔右半分が血に染まっていたのだ。

「白鷺宮様！」

第一に叫んで駆け寄ってきたのは、冬来だった。手にした布を叡明の顔に押し当てる。

「すぐに侍医《たいい》を！」

李洸が医局に人を向かわせる。

朝議が騒然となり、一人呆然と立ち尽くす翔央の近くを喧騒が通り過ぎていく。すると突然、翔央の袖が引っ張られた。

「主上、大丈夫ですか？」

蓮珠だった。蓮珠が自分を見上げ、もう一度「主上」と言う。

「朝堂内に人が入り乱れております。玉体に万が一のことがあってはいけません。どうか、金烏宮にお戻りください！」

ひどく必死な表情だった。心なしか顔色も悪い。

「……ああ、問題ない」

皇帝の顔を取り戻した翔央の袖を、蓮珠が放した。

「李洸、朝議を終わらせろ。禁軍は詳細を報告書で上げるように。今後の処理にかんしては、その報告を見てからとする」

翔央は指示を飛ばして、自身も護衛とともに朝堂を出ていく。

床に横たえられた兄を、振り返りはしなかった。
それは、皇帝の行ないとして、許されることではなかったから。

第八章　李代桃僵

〔りだいとうきょう〕

季節はすっかり春めいてきた。皇城内の木々は淡い若葉をまとい始め、やわらかな日差しを受けて、眩しさを跳ね返す。

この日、皇帝は白鷺宮を訪れていた。兄帝を庇って片目を失った双子の弟を見舞うためだった。

「不便はないか？」

「主上にお越しいただくとは、恐れ多いことです」

右目を包帯で覆《おお》った白鷺宮が笑みを浮かべて兄帝を迎え入れる。その傍らには、皇帝警護官だった冬来が控えていた。

「片目により我が身を護れぬ不安は、最強の護衛をいただきましたことで拭えております。……秋徳、主上にお茶を。庭の見えるところに席を用意させました、どうぞこちらへ」

白鷺宮の招きに応じて奥へ向かう皇帝は、肩越しに自分の護衛を一瞥した。ここに控えていろと言うことだ。意を受けて、護衛はそこに留まった。その姿に、皇帝は少し釈然としないものを感じる。

「特に言葉にせずとも護衛が離れるとか、本来ありえなくないか？」

中庭の見える場所に置かれた卓まで進んでから、皇帝は呆れたように呟いた。

「よく躾けてあるでしょ？　それに、そのほうが楽でしょう、翔央も」

すでに双子の近くには、白鷺宮付き護衛となった冬来と、茶器を卓上に並べる秋徳だけしかいない。

「そうだな。かつての主上には冬来殿がいたから、ほかの護衛はいらないも同然だった。今の皇帝《おれ》には護衛そのものがいらないからな」

皇帝として翔央が先に椅子に座り、続いて白鷺宮として叡明が椅子に腰を下ろした。

「調子はどうだ、まだ痛むか？」

「明け方は少し……」

自分のために右目を失った叡明の返答に、翔央の胸が痛む。すると、控えていた冬来がボソッと言った。

「それは夜通し書物をお読みになったせいにございましょう。残った左目に負担を掛けるのは、よろしくないと、白鷺宮様には再三申し上げておりますが？」

「このように冬来が厳しいが、武官を辞した身で暇を持て余しているんでね」

叡明の言葉に、翔央はわずかに唇を噛んだ。

白鷺宮は主上を庇って右目を失い、兄帝の説得により武官を辞して皇族の仕事に専従することになった。あの事件の後、表向きはそういうことにした。叡明としては、元の引きこもりに戻っただけかもしれない。だが、武官という道で相国民を守ろうと誓った翔央にとっては、ほかに選びようがなかったとはいえ、苦い選択だった。

「翔央はどう？　常時玉座にいる身になったけど、慣れた？」

「事後処理に追われて、ただただ忙しい。……ん、そうだ、決裁済み案件を仕分けるのは早くなったぞ」

「なにそれ？」

叡明が小さく笑う。

「……お前のそういう顔、すごく久しぶりだ。ずっと笑わなかった」

幼い頃を思い出して、そう口にした翔央に、冬来が首を傾げた。

「そうでしょうか？　遺跡を前にすると、だいたい笑っていらっしゃいましたが」

「ああ、それは好物を目の前にした猫と変わらんから例外。俺たち双子は、幼い頃は割と喜怒哀楽を隠さない気質だったらしいんだがな。いつから変わったんだろうな……」

言いながら秋徳に茶器を差し出し、おかわりを要求する。

「初陣の敗戦だよ。……君はアレで自らが強くなる道を選んだ。僕はアレで、周囲を警戒することを覚えた」

叡明が言った。こちらは一杯の茶をゆっくりと飲んでいるようだ。

「その警戒の甲斐あって、今回はずいぶんと国内の膿《うみ》を出せたんじゃないの？」

　玉座を完全に離れてまだ数日だというのに、他人事のような口調で叡明は言う。

「ああ。……西金で武器売買を行なっていた商人の処分は済ませた。本店、支店ともに営業を停止、主人からは経営権を剥奪したうえで同業のほかの商家に委譲した。貿易は相屋台骨だからな。片っ端から潰しては国が傾く。販路も潰させるわけにいかない。没収した個人財産だけ国庫に入れて、店の資産は委譲先に任せることにした。事業には金がかかるからな」

　翔央の報告を、叡明は黙って聴いていた。とくに言うことがないようなら、問題ない処分だったということだろう。翔央は李洸と議論を重ねた甲斐があったと少し安堵した。

「あと……西金の件に関わっていた地方官吏の何人かも、な。中央官僚に比べて地方官僚の整備は進んでいなかったが、今回の件で一歩前進したし、見せしめにはなっただろう。これで当分の間は大人しくしてくれるといいんだが……」

　翔央の祈りは、あっさりと否定された。

「甘いね、翔央。玉座にいるならば、希望なんてものは捨てたほうがいい」

　歌うように言う双子の兄に、翔央は神妙な顔をする。

「叡明、俺はこれからずっと皇帝の椅子に座ることになるが、実質的な立場は変わらないぞ。あくまでも、俺はお前の影だ。俺に禅譲したようなことはいうな。世間の目には、皇帝は変わらず叡明、お前だ」

翔央は、身代わりが継続しているだけであることを強調した。しかし、叡明は弟に言い聞かせるように言い返す。

「それでもこれからは今回の件のように、僕の考えを伝えられない状況で、君が相国皇帝として判断を下さねばならない事態が増えていくよ。やっぱり玉座にある者の考え方に慣れてもらうよりないね」

叡明の表情は、先日まで玉座に在ったころと変わらぬ無表情だった。何か言い返してやろうと卓上に茶器を置いたところで、叡明がことさら小さな声で、別の話題を提示してきた。

「……それで、肝心の英芳兄上関連の後始末は？」

「封土は没収、資産も凍結。今回は誰かが褒賞を得るような話でもないから、皇帝の直轄地のままにして、雲鶴宮の下に置いた。関与が疑われる中央官吏は降格処分に留めた。例の商人たちは、あくまでも杏花殿に出入りしていたから、英芳兄上以外に直接関与した者はいない、ということにしておいた」

今回は、下手に処分者を出してしまうと、かなり大規模な粛清をせざるをえなさそうだったので、今後の動向に注意すべき対象として認識するのみにとどめた。

「悪くないと思うよ、主上。深追いをするべきじゃない。まだ、そこまでの国内影響力がこちらにないからね」

「玉座への敬意が足りないな、白鷺宮」

軽く睨み返せば、包帯で覆われていない左目が弓なりになる。生徒を褒める教師だろうか。機嫌のよさが若干腹立たしくもある。

「乾《けん》のほうとは、どういう話になったんだい？」

「西金経由で売買されるはずだった武器自体が宙に浮いたわけだ、そのまま乾に買い取ってもらった。そもそも没収品だから、ほぼ輸送費だけという破格値だ。……これで集落の防衛には十分だろう。そもそも向こうの要求は、資金援助と連れ去られた者たちを取り戻す交渉における後ろ盾だ。武器があれば、自力で交渉を始められるだろう。うちから武力協力はできないことは、先方も十分わかっていたからな」

「物分かりがよくて、ありがたい隣人だね。いい縁が結べたなら幸いだったね」

いい縁ができたのは、主に明賢じゃないか？　翔央は藍玉を前にしたときの、末弟の嬉しそうな笑顔を思い出す。まあ、そこは自分が話さなくても、叡明のことだ、どこからか聞いてくるだろう。そう考えて、翔央は末弟が今回なぜあんなに張り切って動いたかの説明はしないでおいた。

「それで、そっちはどうだったんだ？」

秋徳に空になった茶器を渡しながら、叡明の話を促した。

禁軍からの報告書も上がってきてはいるが、翔央としては、禁軍が到着する前の話を、叡明本人から聞いておきたかった。

「西金の件で、僕がすぐに動けなかったのは、冬来を斥候に出しているあいだに、事態が動いてしまったのが原因だよ」

街道の状況が不穏だと感じたのは、都に向かうものと一人もすれ違わなかったことがきっかけだ。春節の時期は、例年人も物もよく動く。いくら、河川航路のほうが早いとはいえ、街道を南下してくる者が全くいないというのは異常だった。叡明は念のために西金より手前の街で、街道の通行禁止の手配を遠巻きに護衛としてついてきていた李洸の手の者に頼んでから、冬来と二人さらに北上して、西金にたどり着いた。

「遠目にも、街門の番人の様子がおかしかった。相の県兵ではないのが見た目からして明らかだったからね。でも、引き返すにしても、最低限の情報はほしかったから、冬来に街の様子を探りにいってもらったんだ……で、一人になったところで、周辺を見回っていた門番と同じ格好をした者に捕まってしまった、というわけ」

捕まるとき、相手が『ここにもいたぞ。こいつも連れていけ』と言ったので、自分以外にも誰かが捕まっていると察して、叡明は逆らうことをやめた。

他の人質と合流した時に、先に囚われていたのは、威国からの商人だったことがわかり、威との国交のためにもこれは無事解放しなければマズいとは思った。しかし、この時点では、冬来さえ戻れば、すぐに片付く問題だと思っていたという。

山賊の類なら、多くて十数人の集団のはず。それ以上多くなると、国土のほとんどを高地山岳地帯が占める相国では動きにくい。国防の主軸である禁軍や地方守備隊でさえ、基本行動は歩兵五十人からなる小隊単位としているくらいだ。

「計算上、正式な軍事訓練を受けていない人間が十数人程度なら、冬来一人で充分だと思っていたんだけど、いざ西金についたところで、自分の予想が外れたことに気づいた」

西金の街の人々が、同じような服を着せられて、坤《こん》集落の者によって使役させられていたのだ。

「これは街ごと人質に取られているのと変わらないとわかったわけだ。さすがに街丸ごとどうにかするのは、冬来でも厳しい」

叡明の頭脳は、人質全員が同時に逃げ切らねばならないという答えを出した。

方針が決まれば、叡明の行動は早かった。自分たちを捕えている相手を唆《そそのか》し、都に身代金要求を出させた。誰が捕まっているかわからせる必要があると言って、人質たちの私物の中に、自分の佩玉を忍ばせた。

「あれはお前が考えたことなのか。俺や李洸がどれだけ……」

翔央に睨まれても、叡明の表情は変わらない。

「その反応を期待してたのさ。僕の西金にいること、慎重に動く必要があることを伝えたかったんだから。まあ、数日後には、都でなく守備隊が動いちゃったんだけどね」

数日後に始まった守備隊との小競り合いには、戦い慣れているらしい坤の者たちが出ていた。ぎりぎりで自国民同士が戦うことは避けられたが、時間の問題に思われた。

しかもこの戦闘で、叡明は、どこからか山の民側に大量の武器が補充されることに気づいた。こうなると、どう考えても単なる武力蜂起ではない。自由に動ける冬来を使って情報を収集し、都から来る商人が街の人々の衣料・食料ばかりか武器までも、栄秋から運んできていることがわかった。しかし、西金にいては、わかることもやれることも限界があった。

「僕だって、死ぬわけにはいかないからね。だから、冬来をあまり遠くまで行かせることはできなかった。かといって、町全体の解放は璧《へき》秋《しゅう》路《ろ》の守備隊には荷が重い」

叡明は都から今回の件を犠牲者なしに解決できるだろう人材に来てほしかった。折よく、春礼将軍と張折が禁軍を率いてこちらに向かっているという情報を冬来から得た。

「動くならこの機だなって思って、禁軍にはまっすぐに人質解放に向かってもらえるよう冬来に伝言したわけだ」

伝えた通り、街に入った禁軍は、まっさきに叡明を含む人質を解放させた。街の解放に来たと思って構えていた山の民たちは、虚を突かれた格好になった。

叡明は、自身が解放されたあと、しれっと白鷺宮の顔をして禁軍に合流、今度は街の解放に集中した。そこに行部から部署長代理の代理になった件で黎令から報せが届いた。

「さすが語りの黎令だった。手紙まで事細かに長々と都の状況が書かれていて、そりゃあもう一気に状況がわかったから、すぐに西堺からの船と合流して、武器商人捕縛作戦を実行したわけだよ。捕まえた山の民は、とりあえず無力化して対岸に置いてきて、禁軍は急いで都に戻ったわけ」

なお、孔漣とは、叡明たちが都に戻る途中で遭遇した。西金への荷を運んでいる途中だったらしい。なにか面倒があった時に使えると思い、その場で捕えて都まで連れてきたのだという。

「まだ罪も明らかになっていない商人を、その場で有無言わさず禁軍が捕まえたのか。お前、無茶しすぎだろう。お前のやっていることのほうが、商人たちよりよっぽど黒いぞ」

翔央は思い切り眉を寄せた。

「心外だなぁ。黒いのは私腹ばかり肥やそうとしている奴らでしょ。僕は無私みたいなもんだもん、よっぽど可愛いよ」

非の打ち所のない秀麗な笑顔で叡明が言う。そのにっこりした顔の下にある腹がとにかくドス黒いんだ、と思うも、翔央は黙っておくことにした。

「あの孔漣って男は、どうなったの？」

治療のため白鷺宮に閉じこもっていた叡明は、朝議のあとになにが起こったかの詳細をまだ知らなかった。

「孔漣はあの場で逮捕、栄秋府に移した。大理寺《だいりじ》（中央の司法機関）を通したうえで極刑に決まっていたが、刑の執行前に死亡したよ。検屍では、死因は毒だ。調べさせたところ、奴は元々華の商人で、その商才を見込んだ相国の商家が婿《むこ》に迎えて相国の商人になったらしい。華国にいた頃から、貿易商として華と相を行き来していたようだ。おそらく、初めから華の間諜として、相国内で諜報活動をしていた可能性が高い」

裏にいる人物についての情報を引き出したかったが、今回は処理すべき物事・人が多すぎて、手が回りきらなかったのを突かれた。

「諜報員として自ら命を絶つなら、捕まった時点で自死していただろうから、毒殺されたとみるべきだろうな」

このあたりの見解は、李洸とも一致していた。

「ただ、この場合、牢屋に入っていた孔漣に近づき、毒殺できた者がいるわけでしょ。こちらとしては、頭の痛い問題が残るね」

犯罪者を拘留している場所に忍び込んで暗殺できる者が、相国内に入り込んでいるということだ。さすがの叡明も、思わず眉を顰める。そこで翔央は、蓮珠から聞いたある情報を話すことにした。

「その件なんだが、蓮珠が気になることを言っていた。あの日、朝堂に誰かが観察しているような気配を感じたそうだ」

それで翔央を慌てて朝堂から連れ出したそうな。

「殺気とかじゃなく観察ってあたり、本命っぽいね。……身代わりやっているうちに、冬来のそういう感覚まで身に着けたの？」

一瞬苦笑するも、叡明はすぐ考える顔になる。牢屋どころか朝堂にも現れたとなると、頭が痛む程度では済まされない大問題だ。

「……なあ、孔漣が本当に華国の手のものだったとして、あの男を捨て駒にしたあの国は、いったい何をしたかったんだと思う？」

翔央は思考の沼に沈む兄に問いかけてみた。叡明が少し考えてから、見解を示す。

「僕は……試したんだと思う。都から離れた場所で有事が発生した際に、相国の防衛機構、具体的には地方守備隊や禁軍が、どう動くか。何日で意思決定をくだして禁軍を出せるのか、情報を集めたかったんじゃないかな」

叡明の意見を聞いて、翔央は自分の皇帝として下した未熟な行動や判断を後悔した。この国を見張っている者たちの目には、さぞかし相国の皇帝は情けない動きを繰り返す愚物に映ったことだろう。思わず皮肉な声が漏れた。

「弱さの露呈に、あの国は大喜びってわけか」

栄秋のどこからか、自分たちはずっと観察され、評価を下されていたということだ。

「喜んだかはわからない。だけど、先方からすると、ほしい情報は十分に得たってことじゃないかかな。次は……裏から手を回さずに、直接自分たちが動くつもりなのかもしれないね」

おそらく、叡明の予言の通りになるだろう。そのための情報収集だったはずなのだから。

「華を探らせる目を増やすか？」

「そっちは僕が仕切るよ。今の僕は、白鷺宮。諜報担当を抱える皇城司と地方軍の統括をやっているわけだからね。少し本気出して国内外の情報を吸い上げてみる。武官じゃなくなった分だけ、そちらに時間を使えるはずさ」

かなり高度な能力が必要となる仕事のはずだが、双子の兄はずいぶん軽く言ってくれる。

だが、叡明なら適任だろう。

「問題は、華国の次の嫌がらせに間に合うかどうかだ。僕だったら弱点を補強される前に、さっさと次の一手を仕掛けるね」

「伯父上のような考え方だな」

笑えないにもほどがある。叡明のこういう考え方は師である張折の影響もあるが、時折華にいる伯父の血を感じてしまう。

「伯父上は、本当に複雑な方だよ。僕らを溺愛《できあい》しているような手紙をよこすくせに、その実、僕らを激しく憎んでもいる」

母が亡くなったときから、いずれぶつかる日が来ると思っていた。

「……生き抜くぞ、叡明」

翔央が言うと、視線を合わせた叡明が小さく笑う。

「こうやって向き合うと、改めて違う者になったんだなって思うね」

叡明がめったにないくらい穏やかな笑みを浮かべている。

「もう……入れ替われないほど、僕たちは『違う者』になった」

失ったものを懐かしむように、叡明の手が翔央の右目のあたりを撫でる。

「違う者になんかなっていない。まったく同じ顔をしていなくとも、俺たちは兄弟のままだろ」

自分が口にした「兄弟」という言葉が、今はもういないもう一人の兄のことを翔央に思い出させた。同時に叡明の手が止まり、ゆっくりと離れる。

「……そう言ってしまえる君だから、僕は『終わりにできない』と思った。だから、僕が剣を抜いたんだ。あの場で終わらせることが、最善の手だったと確信している。英芳兄上はどうしても諦められない人だから、きっと何度でも利用される。本人も本心では望まないまま、何度でも同じ選択をしてしまっただろうからね。最期まで、『逃げ切れなかった』と思いながら逝くような人だもの」

初めて、あの日のことが、叡明の口から語られる。

今日に至るまで、二人は英芳の死には触れずにいた。正直、翔央は何を言えばよいのかわからなかったのだ。

翔央にとって英芳は、双子の兄を――皇帝である叡明を害そうとした者で、大事な人を――蓮珠を傷つけた者だ。どうにもならぬ怒りが胸の内にあり、翔央自身も英芳の行為自体を許すことはない。

しかし同時に、英芳と自分たちには、たしかに兄弟として過ごした年月があった。笑いあい、遊んでほしいと夢中でその背中を追いかけた日々も、怒りと同じように翔央の中にあるのだ。だから、兄を失った寂寥《せきりょう》を消すこともできない。

「まあ、どんな感傷をいだこうと、それが死者に届くことはない。結果的に、生き残った者の自己満足でしかない」

喪失感に飲み込まれかけている翔央を、叡明がそう切り捨てる。

「叡明、それは……」

だが、それ以上の言葉が出ない。たしかに、ここでどんな反論をしようとも、それが英芳に届くことはない。今、こうして感じているさみしさすら、自己満足にすぎないのかもしれない。

「でもね、その自己満足が……真実、死者の願いを叶えることもあるんだって、僕も初めて知ったよ」

叡明は、新たな茶で満たした茶器を秋徳から受け取ると、湯気越しに苦笑する。

「英芳兄上のご遺体を『親として』上皇が引き取ったんだ。皇族として郭家の祖廟《そびょう》で弔うそうだよ」

翔央は、思わず椅子から腰を浮かした。

「そうか、そうなったか……」

また言葉に詰まる。父の息子であることを、何よりも証明したがっていた兄の生きざまを思えば、なにを言うのも間違っているように思えた。

「……きれいごとだとわかって言うけど、英芳兄上は亡くなられてようやく、誰からも文句の出ない形で父上の子であると証明したわけだね」

皇族として郭家の祖廟で弔われること。それは、英芳は死して祖廟に名を連ねることだ。確かに父の——皇帝の子であったと、後の世にまで示すことになる。

「……あの人は、芸術に傾くことなく、歴史学者になるでも、武人になるでもなかった。ある意味、最も皇子的な人だった」

こんな形で証明する必要などなかったはずなのに。でも、そのことは、英芳の身の内に降り積もった黒い煤《すす》だったのだろう。皇城という伏魔殿で幼い皇子の身の内を侵したその煤が、息苦しくて、生きづらくなって、身の破滅を知りながらも、皇帝にならねばならないと彼を追い詰めたのだった。

「あと、余氏の件も父上に持って行ってもらった。息子の嫁をどうするかは親の自分が決めるって言うんで任せたら、皇家所縁《しょえん》の道観《どうかん》（寺院）に入れることにしたって……」

翔央は、子どもの頃に行った都から遠い山の中の道観を思い出す。

「いいんじゃないか。政治はもちろん、人々の好奇の視線からも遠い場所だ」

同時に誰かに利用されることからも遠ざけられる。都の政治に翻弄されてきた余氏をどんな思惑からも守る砦《とりで》でもあるのだ。

「これで英芳兄上から最期に頼まれたことを果たすことができたよ。ようやく肩の荷が下りた」

そう言ってから、叡明は、杯《さかずき》のように茶器を掲げた。

「兄上と義姉上に。……心安らかたらんことを」

翔央も応えて祈りとともに茶器を掲げた。


皇后の宮、玉兎宮。春節の頃より少し暖かくなったこの日、蓮珠は威皇后として、玉兎宮の中庭にある女性を招いた。公式の庭園には招けない相手だったからだ。

「よくいらしてくださいました、余氏様」

「皇后様、すでにわたくしは、もうそのように呼んでいただく身分にございません」

元鶯鳴宮妃《おうめいきゅうひ》余氏。今上帝の御代で二度の謀反を起こし、皇統系譜図から宮としての名を削られた郭英芳の正妃……だった人。

あれほどあでやかな衣装に身を包み皇城の庭を歩いていた人が、簡素な無紋の綿織物に身を包んでいる。皇城において『身分』というのは、ひと目でわかりやすく残酷だ。

「いえ、貴女を招きましたのはわたくし。ならば、貴女は『お客様』ですわ」

蓮珠は、秋徳にお茶の用意を頼んだ。

「……かつて、この皇后宮に入ることが、自分の使命であるように思っていた時期がございました」

余氏は苦笑してそう口にしてから、口元を抑えて俯く。

「申し訳ございません。他意はないのです。ただ、そんな日もあったと懐かしく思っただけのことで……」

「大丈夫ですよ。今はとても穏やかなお顔をされていらっしゃいますから、わかります」

安堵する表情に、余氏が過ごしてきた時間を見た気がした。他意を含む言葉をぶつけ合う日々が、彼女の日常だったのだろう。

これから余氏は上皇の意向で皇家所縁の道観に入れられるという。実家や夫の欲望で、自分の人生を振り回されてきた彼女が、今度は義理の父親の意向で行き先を決められる。道観で静かな暮らしをすること自体は余氏にとって良いことかもしれないが、女にとって後宮は自分の意志で物事を決められない煌びやかな牢獄でもあるのだ。

「とても、美味しいお茶ですね」

一瞬複雑な思いにとらわれた蓮珠に、余氏は今まで見たことのない、柔らかい笑みを浮かべる。

「ありがとうございます。秋徳の淹れるお茶は格別なんです。本当は白鷺宮の太監なのですが、今日はお願いしてきてもらいました。……最後ですから」

後宮を去り行く妃嬪を送ることとは、皇后にだけ与えられた権限だという。それ以外の後宮に残る妃嬪と出ていく者が、余計なつながりを持たないように。

本来は、去り行く妃嬪を生かして皇城の外に出すかどうかを、皇后の手に委ねる風習なのだと、翔央から教えてもらった。後宮には、秘密が多い。外に出される妃嬪は問題のある人物であることが多いので、処分の必要があることも、少なくなかったらしい。

もちろん、蓮珠に余氏の命を奪う予定はない。

今日はただ美味しいお茶を一緒に飲みたかったのだ。初めてのお茶の席でも、先日のお茶の席でも、お互いに腹を割って話せる関係ではなく、茶の味など二の次だったのだから……。

「今日ぐらいは、のんびりお茶を飲みましょう」

無理に話題を探すことなく、なにを話すでもなく、ただ二人で春めく庭を眺めて美味しいお茶を飲んだ。

穏やかな時間を過ごせたことに満足し、いよいよ余氏を見送る段になって、彼女は遠慮がちに渡したいものがあると蓮珠に言い、侍女に声を掛けた。

「おいしいお茶をいただけるなんて、本当に嬉しく思います。……いずれ皇后になると思っていた身ですから、『送り出しのお茶』が意味するところは知っておりましたので」

侍女が離れたつかの間に、余氏がささやくように言う。

「それは……」

生きて出られぬ茶を出される覚悟があって、この場に来たということか。続く言葉を見つけられない蓮珠の様子を見て、余氏は少し微笑みながら言葉をつづけた。その様子は、少しだけ福田院でまだ何も知らない幼い子どもに礼儀を教える教師にも似ていた。

「一応ご存じでしたのね。……では、今後はもっと意識されるとよろしいですわ。皇后が出すお茶というのは、常にそれを飲む側を試すためにあるものなのです。ですから、本来は他意がないお茶を出してはいけませんよ。送り出しであろうとなかろうと、主催するお茶会も信頼のおける皇妃にお茶を用意させるものなのです」

それが前回のお茶の席でのことだとわかり、蓮珠は慌てた。

「では、あのときは、ご存じなかったのですね」

「あのときは無用な緊張を余氏様に強いてしまったのでしょう。仕方ないことです。今上帝の後宮には、手本を示してくださる、かつて皇后でいらした方がおりません。また、皇后となるべく育てられた者も、これでいなくなります。……皇后様、誰かから聞いた知識だけでは、後宮では生き残れません。その誰かが、なぜあなたにその情報を与えるのか――その裏にある意味までお考えになって、行動をお決めになることです」

都に戻ってきてからつけられたという侍女が離れているからだろうか、驚くほどの早口で言い切った余氏が、こちらへ戻ってくる侍女の姿を確認し、口元を絹団扇で隠す。

「なぜ……わたくしにそんなことを……英芳様が亡くなり、余氏様にもわたくしたちを憎く思う気持ちが、ないわけではないでしょうに……」

思いがけない余氏の助言に、つい蓮珠の口から率直な疑問がこぼれる。

「……英芳様は、時々……本当に時々ですけれど、兄弟として主上たちと過ごした子ども時代のことを話してくださいました。そんなときの英芳様は、どうしても消せない愛情をその顔に浮かべていらっしゃった。わたくしにはあの方と過ごすそんな時間が、たいそう大切だったのです。皇后様には言い訳もできぬほど、ひどい行ないをしてしまいましたが、あの方は、本来はとっても身内への情が厚い人。あの方がかつてそうであったように、本心はずっとそういう生き方がしたかったであろうように……わたくしもこの後宮を去る前に、せめてひとつだけでも、義妹《いもうと》に優しくしてみたかったのですわ」

余氏は思わず本音を言ってしまったかのようにハッとすると、それきり黙ってしまった。

情報をくれる人間の裏にある意味まで考えろ、と余氏は言った。ならば、今、蓮珠に後宮での生き方を教えようとした余氏の裏には、どんな感情が隠れているのだろう。以前の、いつも浮かべていた厳しい表情が嘘のように、春の日に照らされて険なく微笑む余氏を見ていると、そこにあるのは、嘘偽りのない真心のように蓮珠には思えた。

侍女が戻ってくると、余氏は持ってきたものをそっと受け取る。

「皇后様、こちらをお渡ししようと思っておりましたの」

そう言って、余氏が蓮珠の前に差し出したのは、絹布に包まれ、表面には並々ならぬ細工のほどこされた、平たい木箱であった。黒塗りの箱の蓋には螺鈿《らでん》で二羽の鶯《うぐいす》があしらわれ、周りを梅の花枝が囲んでいる。二羽の鶯が差し込む春陽に照らされ、まばゆい反射を返していた。どんな宝物が収まっているのだろう。蓮珠が恐る恐る開けてみると、中に入っていたのは、佩玉だった。

濃茶の組紐に結ばれた玉は、どれも一級品ばかりだし、繊細な彫刻まで入っている。かなり豪華な造りだ。威皇后のように生活に困らない人間に渡すより、今後のために売ったらいいんじゃないか、などと庶民らしいことを考えながら、蓮珠は余氏に問いかけた。

「こちらは？」

「英芳様がお亡くなりになったあとに、商人がわたくしのもとへ持って参りました。英芳様からのご依頼で収める箱から作らせたものだと申しておりました。ですが、俗世を離れる身には、このような身分証明は不要にございます。皇后様にお預けしていこうかと思いまして……」

改めて箱の中にぴたっと収まった佩玉を見る。中心の大きな円環玉は白翡翠だった。災厄を浄化し、人生を正しい方向に導いてくれるという、赤翡翠と同じく、持ち主を守るための石だった。

取り出して眺めてみる。あの英芳が妃に贈るのに選んだにしては、ずいぶん落ち着いた玉石に思えた。

たしかに、道姑《どうこ》（女性の道士）になる人には、やや豪華すぎる造りの佩玉だ。それでも……。

蓮珠は、翔央から聞いた、英芳の最期の願いを思い出す。

——麗彩《れいさい》を頼む——

蓮珠にとって英芳は、自分を襲おうとした、どうしたって許せない相手だ。親しみや共感を持ったことなど一瞬たりともない。

でも、蓮珠の大切な人の兄であったあの男は、遺していく妻を、死の間際に守ろうとする人でもあったのだ。

蓮珠は玉を紐から外し、白翡翠の円環玉を余氏の手に握らせた。

「この玉だけは、貴女が持って行ってください。……なにかあって、離れてしまうその時も、あなたを守ろうとした人の、祈りが満ちた玉石ですから」

それで余氏に伝わったかはわからない。ここは玉兎宮で、宮付きの女官がたくさんいて、その耳目に常に気をつけなければならない。だから、大逆の報いとして亡くなった人の遺志を皇后が尊重しようとする姿なんて、ハッキリと見せるわけにはいかない。

それでも、この玉石だけは余氏に持っていてほしい。佩玉の玉石には、いつだって贈る側の多くの想いが託されているから。

蓮珠は、白翡翠の玉石を持たせた余氏の両手を自分の両手で包み込んだ。

「どうか……お元気で」

そうあってほしいと、心より願っているから。

終章

相国皇城には、祖廟と西王母廟の二つの廟がある。

年中の節目に皇帝皇后がそろって、国家の安寧を願って祈りを捧げる場である。

今日は、清明節《せいめいせつ》。世間的には、先祖を偲《しの》び墓参りに行く日だ。国家祭祀としては、皇帝と皇后がそろって、祖廟で祈り、国の祖として西王母廟でも祈ることになっている。

「……西王母像の前に立つと、しばらく傾いてないか見てしまう」

翔央が西王母像を見上げて。しみじみとそれを口にする。

「まさに見ているときに言わないでくださいよ。吹き出してしまうじゃないですか」

蓮珠の抗議を、翔央が小さく笑った。

「余裕がありそうだ。最初にここに来たときはガチガチだった」

「慣れねばならない、それだけです。なにせ、今や皇后身代わり専門職に従事している身ですから」

翔央と叡明が入れ替わったまま公務をこなしていくために、必然的に蓮珠は皇后の身代わりを常時行なうことになった。官吏としての陶蓮珠は表舞台から姿を消すことになる。

官吏の仕事はできなくなったが、これも自分にしかできない、相国のための仕事であると蓮珠は背筋を伸ばした。

「わたしは、皇后の仕事を知らなければなりません。たとえ『影』であろうとも、無知・

無能では許されません。わたしが皇后の『影』でいることによって、誰かを不本意に抑圧するようなことがあってはいけないんです」

西界の商人たちと話したように。また、余氏と話したように。

堂々とした態度で、離れたところで見ている臣下の目にきちんと祭祀を行っているように見せるのが専門職の技量というもの。仕事の鬼たる蓮珠は、今も並々ならぬ気合を入れて行事に臨んでいる。

「我が皇后は頼もしい」

そういう翔央も祭礼用の衣装を着ての立ち姿も凛々《りり》しく。これほど近くで拝見できるとは、まさに役得と蓮珠は思っている。

「頼もしいといえば、おまえが気にしていたとおり、英芳兄上が余氏に残した佩玉には仕掛けがあった。正確には箱のほうだった。薄くわかりづらいが二重底になっていた」

表情を引き締めた翔央が近くに人がいないのがわかっていて、それでも声を潜めてそれを言った。

「……やはり。さすがご兄弟です。先の先まで読んで、手を打っていらっしゃる。ご自分の死後、道観に入られる可能性が高いであろう余氏様に、なぜあのような佩玉遺したのか、不思議だったんです」

　英芳の死後、蓮珠は翔央から英芳と一緒に酒を飲んだ時の話を聞いた。その席で英芳が『佩玉は身分証明でしかない』と言っていたというのを聞き、急に疑問がわいたのだ。

　己の敗北を予感していた英芳は、あのような佩玉は、余氏様には不要になることもわかっていたはずだ。なのに、なぜ最高位といっていいほどの佩玉をしつらえたのか。それは、遺された余氏が不要になった佩玉を皇城に置いていくだろうことを予想していたからではないか。

「古い金の絹布にくるまれた、同じく古い紙片が出てきた。これには約定らしき文字が書かれている。ただ、折りたたまれた紙が古すぎるのと、割符のようになっていて文章全体が読めないので、内容については李洸たちが極秘で調査をしている」

　金の絹布。もしや、藍玉たちの集落となにか関わりあるものなのだろうか。考えて俯きかけた蓮珠に、翔央が注意する。

「蓮珠、姿勢を正せ。……西王母の代わりにお前が傾いてどうする？」

　言われて背を正した蓮珠に、翔央が密やかなため息をつく。

「最期の最期まで、文句を言いながら弟の面倒を見ようとする。英芳兄上は、やはり、俺たちが幼いころ背を追いかけたあの人と、本質的には変わらなかったということだ。……清明節は、祖霊供養をするものだ。少し日が経ってしまったが、託されたものは受け取ったと、祖霊に加われた英芳兄上に報告せねばなるまい。いまは行事に集中しよう」

翔央の言葉に、蓮珠は蓋頭の下で小さく頷いた。

「一拝天地（天地に拝礼す）」

礼部の祭祀進行役の声が高らかに告げる。

皇帝、皇后が横に並び、西王母像の前に跪礼する。

蓮珠に聞こえる程度の小さな声で翔央が笑い含みに言った。

「ああ、本当にあの日の……入宮式のようだな」

約半年前、同じように西王母像の前に跪礼した。恐れ多くも一時的で偽りにまみれた夫婦関係を西王母に報告した結果、西王母像が倒れてきたわけだ。

「蓮珠、お互いに父母も天の側だな」

蓮珠の両親は故郷を失った夜に亡くなった。翔央は母后を亡くしている。そして、上皇は、天子たる皇帝が敬う存在だと考えれば、天の側と言えるかもしれない。

「そうかもしれないですね」

なんのことだろう、そう思う蓮珠の右横で翔央が、礼部の進行役に気づかれない程度に頭を下げた。

「これで……二拝高堂（父母に拝礼す）」

それは婚姻儀礼の言葉だった。

驚く蓮珠を支えるように立たせ、翔央が蓮珠と向き合う。

「最後に……？」

「夫婦対拝（夫婦で互いに拝礼す）です」

反射的に答えた蓮珠に、翔央が微笑む。

「思えばあの時は、最初の西王母への一礼で中断した。今日、こんな形ではあるが、これでようやく天の前に夫婦を誓った仲になったな」

触れた指先に、少しだけ力が加わる。応じるように蓮珠も翔央と目を合わせたまま、指先に力を入れた。

祭祀進行役が労うように言う。

「本日の儀礼は、これにて終了にございます」

どちらともなく指先を解き、改めて西王母像を見上げる。

「今日は倒れてこないようですね」

そう何度も倒れられてたまるか、と小さく毒づいてから翔央が呟いた。

「ま、西王母も認めてくださったということだろう」

蓮珠も翔央も、天にいるかもしれない何者かにどんな願いも託さない。だからこれは、お互いの気持ちをささげあうことを、お互いに誓っているに過ぎない。

「おまえの人生をもらうぞ。本当にいいんだな？」

口調は問いかけているくせに、その目に宿る鋭い光が、少しも逃がす気などないと言っていた。蓮珠は頷くことで応えて、小さく小さく翔央にも聞こえないように呟いた。

「……もとより、この命はあなたに拾われたものですから」

遠い日、故郷を焼かれ、天帝《かみ》に見捨てられたと絶望した心を救い上げてくれた人。蓮珠はあの時の天帝様が翔央であると信じている。

あのときから、蓮珠の命は彼のものだったのかもしれない、そう思う。

西王母の祭壇の前から下がり、控えていた臣下の元へと向かう。

陶蓮珠に戻ったのは一瞬のこと。蓋頭の下であっても表情を引き締め、蓮珠は皇后の顔を作る。

「では、戻ろうか。我が皇后よ」

差し出された手に、蓮珠はそっと手を重ねた。

「はい、主上」

終わらぬ身代わりの皇帝と皇后として、生きていく覚悟とともに、足を踏み出した。

後宮の花は偽りをまとう
漫画：六格レンチ
原作：天城智尋
キャラクター原案：碧風羽

コミカライズ
①～②巻発売中!!
マンガがうがうで今すぐ読む！
秘密が暴かれれば
この国は破滅

双葉文庫

あ-60-05

後宮《こうきゅう》の花《はな》は偽《いつわ》りに惑《まど》う

2021年1月17日　第1刷発行

【著者】
天城智尋《あまぎちひろ》

【発行者】
島野浩二
【発行所】
株式会社双葉社
〒162-8540 東京都新宿区東五軒町3番28号
［電話］03-5261-4818（営業）　03-5261-4851（編集）
www.futabasha.co.jp（双葉社の書籍・コミックが買えます）
【印刷所】
中央精版印刷株式会社
【製本所】
中央精版印刷株式会社

【フォーマット・デザイン】
日下潤一

ISBN978-4-575-52442-0 C0193
Printed in Japan